02/24 SOCP

MARY LONDON

Après une carrière de chercheur spécialisé dans l'histoire des religions, la romancière britannique Mary London se découvre une passion pour l'intrigue policière, et devient vite une adepte du polar à l'anglaise. Ont déjà été publiés : *Un meurtre chez les francs-maçons* (1998), *Le crime étrange de Greenwich* (1998), *Sept ladies pour un meurtre* (1998), *Le parfum d'un crime* (1998), *Meurtre par superstition* (1999), *Un crime trop parfait* (1999), *Un crime chinois* (2000), *La double mort de Thomas Stuart* (2000), *Le mort de la Tamise* (2000), *Le crime du corbeau* (2000), *Un crime sans assassin* (2001) et *Un crime exemplaire* (2001). Aujourd'hui sexagénaire, Mary London vit près de Londres.

W0214205

UN CRIME TROP PARFAIT

DU MÊME AUTEUR
CHEZ POCKET

UN CRIME CHINOIS

MARY LONDON

UNE ENQUETE
DE SIR MALCOLM IVORY

UN CRIME TROP PARFAIT

Traduit de l'anglais
par J.-P. Baudricourt

ÉDITIONS DU ROCHER

Titre original :
THE MURDER WAS TOO PERFECT

Le Code de la propriété intellectuelle n'autorisant, aux termes de l'article L. 122-5 (2° et 3° a), d'une part, que les « copies ou reproductions strictement réservées à l'usage privé du copiste et non destinées à une utilisation collective » et, d'autre part, que les analyses et les courtes citations dans un but d'exemple et d'illustration, « toute représentation ou reproduction intégrale ou partielle faite sans le consentement de l'auteur ou de ses ayants droit ou ayants cause est illicite » (art. L. 122-4).
Cette représentation ou reproduction, par quelque procédé que ce soit, constituerait donc une contrefaçon sanctionnée par les articles L. 335-2 et suivants du Code de la propriété intellectuelle.

© 1999, Éditions du Rocher pour la traduction française

ISBN 2-266-11383-6

Chapitre 1

Le superintendant Douglas Forbes vida son verre de Tormore du Speyside avec un peu trop de précipitation et considéra sir Malcolm Ivory comme s'il venait de lui annoncer la fin du monde.

– Sir, puis-je me permettre de suggérer que vous plaisantez ?

L'aristocrate étira ses longues jambes sous le bureau devant lequel il était assis, puis répondit posément :

– Mon ami, suis-je un homme à vous faire venir ici, à Falcon Manor, pour vous raconter des calambredaines ? Non ; ma décision est prise.

Forbes sortit un énorme mouchoir à carreaux de la poche de sa vareuse et s'en épongea le front. Sans doute était-ce une sueur imaginaire, mais elle symbolisait parfaitement l'angoisse qui avait envahi le gros homme. Eh quoi ! Depuis l'époque où ils se battaient côte à côte au Transvaal, lui comme simple soldat, Ivory comme sous-officier, ils ne s'étaient presque jamais quittés ! Forbes devait à son grand ami toute sa carrière : l'entrée dans la police du Grand Londres, l'avancement à Scotland Yard grâce aux enquêtes qu'ils avaient menées de concert en parfaites connivence et harmonie. Les mauvaises langues affirmaient même que le superintendant avait gagné ses galons grâce à l'entremise de sir Malcolm auprès du ministre de l'Intérieur de l'époque !

– Sir, fit-il d'une voix lamentable, si vous saviez...

– Oh, je sais, Douglas, je sais ! Nous avons fait un long chemin ensemble au service de Sa Gracieuse Majesté ; mais, vous le savez aussi, je suis sollicité de toutes parts : d'abord cette demeure dont j'ai hérité de mon vénérable père, l'antiquaire, avec sa bibliothèque prestigieuse, ses meubles d'époque, tout autant de souvenirs précieux sur lesquels je n'ai guère eu le temps de méditer. Ensuite, vous ne l'ignorez pas, je fais partie du club des Scriveners et j'ai là-bas bon nombre d'amis bibliophiles qui souhaiteraient lever leur verre avec moi, sans compter mon passe-temps favori : les échecs ! Ah, j'oubliais mes chères orchidées ! Mon fidèle Wen Chang a beau m'aider du mieux qu'il peut, il faut l'œil d'un véritable amoureux pour soigner la susceptibilité des épiphytes !

– Sans doute, se plaignit Forbes, mais que va penser le major ? Sa confiance en vous est totale, et si demain surgit une affaire que personne au Yard ne peut résoudre, vers qui se tournera-t-on ?

Sir Malcolm se prit à rire :

– Ah, mon bon Douglas ! Vous exagérez ! Il y a des dizaines d'enquêteurs capables de résoudre les énigmes les plus ardues ! À quoi servirait la Haute École de Police royale ? D'ailleurs, j'en suis certain, vous auriez été tout à fait susceptible de démêler seul les enquêtes où je n'ai fait qu'apparaître pour suggérer ici et là quelques hypothèses...

Le superintendant se récria :

– Sir Malcolm ! Vous êtes trop modeste ! Sans vous, aurais-je pu résoudre le mystère de la double mort de Thomas Stuart ? Ou celui que les journalistes ont nommé l'Énigme du Mort de la Tamise ? Et, dernièrement, ne m'étais-je pas fourvoyé dans cette histoire d'orchidée volée chez lord Cavendish ? Quant à ce meurtre chez les francs-maçons, j'en tremble encore ! Non, sir Malcolm, sans vous je ne suis plus rien du tout ! Ma carrière est finie. Je peux donner ma démission de Scotland Yard...

– Et que penserait votre épouse ?

– Oui, évidemment, balbutia Forbes, mon épouse... Je crains qu'elle ne puisse comprendre, elle qui est persuadée que je suis un des fleurons de la police londonienne !

– Mais vous êtes effectivement ce fleuron !

Le superintendant releva la tête :

– Ah, vous croyez vraiment ?

– Je vous l'affirme. Et puis, rassurez-vous, si une affaire très exceptionnelle devait apparaître, je demeurerais, bien entendu, à votre disposition, mais de manière non officielle. Toutefois, entendez bien, j'ai dit : très exceptionnelle ! Je suis fatigué de côtoyer tous ces criminels plus ou moins retors qui sont entrés subrepticement dans mon existence, alors que j'ai eu tant d'autres occupations, et d'un autre intérêt ! Tenez : vous souvenez-vous de cette curieuse affaire du *Château des Trente* ?

– Oui, ça me dit quelque chose. Il s'agit d'un roman, n'est-ce pas ?

– Exact ! Un roman d'Horace Wallace. La page 32 n'est imprimée dans aucun des exemplaires originaux que j'ai pu examiner, même pas celui de la Royal Library. N'est-ce pas extraordinaire ?

– Sans doute... fit l'officier qui n'avait jamais rien compris à cette histoire de livre défectueux qui semblait passionner son grand ami.

– Et je vais donc profiter du temps laissé par les enquêtes criminelles pour m'adonner aux recherches bibliophiliques ; par exemple, celle de cette page 32 introuvable. Rendez-vous compte ! Quel texte aurait dû être imprimé sur cette page introuvable ? Et par quelle étrange distraction l'imprimeur a-t-il laissé passer cette erreur inadmissible ? À moins qu'il n'y ait là une raison insoupçonnée, une raison qui nous ouvrirait peut-être des horizons nouveaux sur Horace Wallace, qui fut un confident de la reine Elizabeth... Peut-être une affaire politique ? Voyez l'importance !

Sir Malcolm Ivory s'était laissé emporter par une légère exaltation. Il s'en aperçut et, reprenant son calme, il reprit d'une voix nettement plus posée :

– Tout cela pour vous expliquer, cher Douglas, que je n'aurai guère le temps de m'ennuyer.

– Ne puis-je insister ? demanda encore Forbes.

– Ma décision est irrévocable et vous me fâcheriez en tentant encore de me faire revenir dessus. En revanche, que notre amitié demeure intacte, voulez-vous ? Que diriez-vous d'un déjeuner à Falcon Manor tous les troisièmes mardis du mois ?

Le visage du superintendant s'illumina. À ses yeux d'Irlandais né dans une famille de pêcheurs, l'admirable demeure de l'aristocrate était le vestibule du Paradis !

– Ah, cher ami, cher sir Malcolm... Quelle joie d'accepter cette invitation ! Merci de tout cœur, de tout cœur !

Et, dominé par l'émotion, il prit congé rapidement afin de cacher les larmes qui lui montaient aux yeux.

« Le brave homme », pensa sir Malcolm en le voyant s'éloigner.

Ce n'était pas sans un pincement de cœur qu'il abandonnait ainsi une partie de sa vie. Tant de souvenirs, en effet ! Tant d'aventures ! Mais il appartenait à la famille Ivory et se reprochait amèrement de ne s'être pas intéressé davantage à sa destinée. Célibataire endurci, après une jeunesse de frasques dans tous les pays du monde, il ne pouvait avouer au superintendant la véritable raison de son retrait : voici qu'à son âge la pensée lui venait de repartir sur les mers et, en particulier, de retourner en Chine où il avait laissé ses plus tendres souvenirs. Sans doute du temps s'était-il écoulé, la guerre avait-elle tout dispersé, mais l'idée de revenir sur les lieux de ses anciennes amours donnait un sens nouveau à sa vie.

Wen Chang entra à pas feutrés et déposa le plateau du courrier sur le coin du bureau, puis s'en alla avec la même démarche de chat afin de respecter la rêverie de son maître. Distraitement sir Malcolm se saisit d'une lettre, la tourna et la retourna, la reposa sans l'ouvrir, puis en prit une autre qu'il rejeta aussi vite. Soudain son attention fut attirée par le blason qui ornait le coin gauche d'une enveloppe. Il lui semblait l'avoir déjà vu. Était-ce celui d'un membre des Scriveners ? Il décacheta la missive, y trouva un bristol armorié portant un message rédigé d'une écriture à la fois élégante et ferme.

Sir Peter Greenaway prie instamment sir Malcolm Ivory d'accepter l'invitation de se rendre ce mardi 10 mai à 11 heures en son domicile de Bedlam's Manor.

Et il était ajouté, souligné d'un trait volontaire : *L'objet est de la plus haute importance et concerne le* Château des Trente.

portant un message rédigé d'une écriture à la fois élégante et ferme.

Sir Peter Greenaway prie instamment sir Malcolm Lucy d'accepter l'invitation de se rendre ce mardi 10 mai à 11 heures en son domaine de Bedford Manor.

Et il était ajouté, souligné d'un trait volontaire :

L'objet est de la plus haute importance et concerne le Château des Treize.

Chapitre 2

Sir Peter Greenaway était un personnage éminent des Inns of Court, ces quatre sociétés juridiques qui, depuis le XVIe siècle, rassemblent à Londres les universités de droit et les écoles d'avocats. Sir Malcolm Ivory connaissait bien l'une d'entre elles, Lincoln's Inn, située entre Holborn et le Strand, car elle comportait une somptueuse bibliothèque.

Sir Peter appartenait au club des Scriveners, mais n'y venait que rarement. Chacune de ses apparitions y était toujours remarquée. Il était de ces hommes hautains, portant monocle et moustache frisée, qui semblent dominer l'entourage à la fois par leur intelligence, leur fortune et leur élégance. Sir Malcolm n'appréciait guère sa compagnie, bien qu'il leur fût arrivé de boire ensemble un verre au bar du club, avec quelques relations communes. C'était sans doute à l'une de ces occasions que la fameuse absence de la page 32 du *Château des Trente* avait été évoquée.

Le ton de l'invitation était déplaisant, tout à fait dans le style du personnage. Néanmoins la dernière partie de la courte missive avait de quoi intriguer sir Malcolm. Qu'avait donc bien pu découvrir sir Peter au sujet d'Horace Wallace ? Et comme le hasard, ce dieu malin, avait bien organisé les choses au moment même où sir Malcolm décidait d'abandonner Scotland Yard ! Enfin un mystère qui n'avait rien de criminel !

En compulsant le *Dictionnaire de la noblesse britannique* du défunt lord Crespew Arundell, Ivory se remémora les brillants antécédents de la famille Greenaway et, plus particulièrement, la carrière de sir Peter : docteur en droit, avocat international réputé, professeur d'Université, bibliothécaire d'honneur de Lincoln's Inn. Dans le *Who's who*, la personnalité de l'homme s'affinait. Il avait écrit deux traités, l'un sur les règles commerciales entre les associations à but non lucratif et les sociétés industrielles, l'autre sur les tabatières chinoises de la période Ming. Il avait soixante-huit ans et était marié à lady Hillary Greenaway, née Templeton, sa cadette de plus de dix ans. Il en avait eu une fille, lady Jane, qui devait avoir trente ans.

Le *Who's who* signalait que lady Hillary, l'épouse de sir Peter, était issue d'une riche famille de commerçants internationaux, qu'elle était passionnée de musique baroque et de romans policiers, et qu'elle avait écrit un essai sur Agatha Christie qui faisait autorité. Sir Malcolm avait lu cet ouvrage qu'il avait trouvé particulièrement intéressant, notamment pour la finesse et la précision de sa comparaison entre les méthodes d'Hercule Poirot et de Miss Marple.

Quant à Bedlam's Manor, résidence de la famille depuis le XVIIIe siècle, c'était un imposant manoir que le *Guide des châteaux et demeures des environs de Londres* qualifiait de « bâtiment austère comprenant une tour pittoresque et un portail colossal, dont les colonnades rappellent celles de Aspley House, la maison offerte au duc de Wellington après la bataille de Waterloo ». Sir Malcolm était déjà passé devant cette demeure et la trouvait laide. Néanmoins elle devait contenir d'innombrables richesses car le *Guide* ajoutait : « Une collection de petits maîtres anglais du XVIIIe siècle honore Bedlam's Manor, parmi laquelle une *Nativité* de Chambers et une *Bataille navale* de Sherley. » Deux artistes que sir Malcolm exécrait !

Aussi, lorsque, au jour fixé, sa Rolls-Royce conduite par Wen Chang s'arrêta devant le domicile de sir Peter Greenaway, sir Malcolm était-il plutôt prévenu contre le propriétaire des lieux. Il avait en horreur qu'on se permît de le déplacer en faisant miroiter quelque mystère, mais que n'eût-il pas accepté pour comprendre l'énigme de cette introuvable page 32 !

Un majordome à l'ancienne mode, vieux et compassé, accueillit sir Malcolm qui, visiblement attendu, fut conduit à travers un long couloir jusqu'à un petit salon où on le pria d'attendre Sa Seigneurie. Des portraits d'ancêtres jalonnaient ce parcours éclairé tout du long par de somptueux lustres de Murano. Par les fenêtres à meneaux de pierre, le visiteur eut tout loisir d'admirer le parc, lequel s'étendait jusqu'à une rivière que l'on devinait au loin grâce à une rangée de saules. En effet, sir Peter ne daigna pas apparaître avant 11 h 30, et lorsqu'il entra dans la pièce, il n'eut aucun mot d'excuse pour avoir fait attendre son invité. C'était un homme longiligne, raide et sec avec des yeux intenses dans un visage jaune et pétrifié. Tout de noir vêtu, on eût dit qu'il venait d'enterrer son meilleur ami ; mais un homme si orgueilleux et si distant pouvait-il avoir le moindre ami ?

– Venez, dit-il d'un ton brusque.

Et il tourna les talons. Sir Malcolm le suivit, assez vexé par cet accueil, mais de plus en plus curieux d'apprendre ce que l'homme en noir allait pouvoir lui apprendre. Ainsi arrivèrent-ils dans la bibliothèque, vaste salle couverte de livres du plancher au plafond. Au centre se trouvait un fauteuil et une table de style Renaissance espagnole. Sir Peter alla s'asseoir sans se préoccuper de son hôte qui, faute d'autre siège, demeura debout. Cette attitude tenait de la provocation, mais sir Malcolm décida de laisser l'avocat jouer la comédie qu'il avait décidé de lui donner, espérant ainsi comprendre ce que cachait une impolitesse aussi évidente.

– Sir Malcolm Ivory, votre intérêt pour le *Château des Trente* m'a donné une petite idée. Mais d'abord veuillez regarder cet exemplaire qui vient de ma famille.

Il fit glisser le tiroir de la table et en sortit un livre relié qu'il avait préparé, puis il le tendit à sir Malcolm qui hésita un instant avant de s'en saisir. Il le reconnut aussitôt. C'était, en effet, le roman de Wallace.

– Ouvrez-le ! Regardez ! commanda sir Peter de son ton peu amène.

Sir Malcolm ouvrit le livre et le consulta rapidement. La feuille comprenant les pages 31 et 32 manquait. Elle avait été découpée au rasoir. De plus en plus surpris, sir Malcolm leva un regard sévère en direction du maître des lieux.

– Que signifie... ?

Sir Peter Greenaway rejeta la tête en arrière et se prit à rire comme s'il s'agissait là d'une bonne farce, puis il répondit d'un ton avantageux :

– Mon cher, vous qui adorez les énigmes, je vais satisfaire votre curiosité. Je connais votre passion pour cette page 32 que l'artisan de l'époque a omis d'imprimer. Eh bien, je vais engager un pari avec vous.

Il ouvrit de nouveau le tiroir et, cette fois, en sortit une enveloppe cachetée à la cire qu'il éleva afin de bien la montrer.

– Voyez-vous cette enveloppe ? Elle contient les pages 31 et 32 du *Château des Trente*. Car moi, cher monsieur le détective, j'ai non seulement découvert la page imprimée que vous avez vainement cherchée durant des années, mais encore la raison extraordinaire pour laquelle cette page est demeurée blanche dans tous les exemplaires que vous avez pu consulter. Intéressant, non ?

– Sans doute, fit prudemment sir Malcolm Ivory. Mais de quel pari parliez-vous ?

Sir Peter ferma un œil et de l'autre fixa étrangement son interlocuteur. On eût dit un serpent guettant sa proie.

– Un pari ? Ah oui, un pari, en effet ! Je vous observe depuis assez longtemps. Les journaux ne tarissent pas d'éloges sur les exploits de votre intelligence déductive ! À les entendre vous êtes le phénix de Scotland Yard ! Mais, dites-moi, croyez-vous au crime parfait ?

– Tout crime non élucidé peut être considéré comme un crime parfait, concéda sir Malcolm qui ne voyait toujours pas où l'étrange aristocrate voulait en venir.

– Non, non ! s'écria sir Peter. Je parle d'un crime conçu de telle manière que personne, pas même le phénix de Scotland Yard, ne puisse découvrir qui en est l'auteur ! J'imagine que ce serait un duel entre deux intelligences supérieures : l'assassin et vous-même.

– Et vous seriez l'assassin... proposa sir Malcolm, qui commençait à comprendre les surprenantes déclarations de sir Peter.

– Oh, je n'ai pas dit cela ! Ce serait, en quelque sorte, avouer à l'avance et donc simplifier, tricher même ! Non, je tiens à ce que ce soit un jeu entre deux gentlemen, un jeu parfaitement loyal !

Sir Malcolm haussa ostensiblement les épaules.

– Un meurtre n'est pas un jeu, sir Peter ! Pardonnez-moi, mais s'il s'agit d'une plaisanterie, sachez qu'elle est d'un goût exécrable !

– Allons, allons, mon ami, le pari est lancé, que vous le vouliez ou non ! Le meurtre aura lieu, soyez-en certain. Et, naturellement, après la confidence que je viens de vous faire, il faudra bien que vous vous en chargiez ! Quant à cette enveloppe, elle sera à vous si, par une absurde hypothèse, vous parveniez à trouver le fin mot du meurtre parfait dont je parle ! Je la déposerai dès demain chez maître Benson, mon notaire, dont vous connaissez la réputation.

Ainsi sir Peter Greenaway était-il devenu fou ! Son propos relevait, certes, d'une certaine logique, mais comment croire qu'un avocat international de cette envergure, un homme rompu aux mondanités et soucieux de préserver l'orgueilleuse réputation de sa famille, puisse tenir des paris aussi aberrants ?

– Pardonnez-moi, dit sir Malcolm d'un ton glacial, je vais devoir me retirer.

– Allez, allez ! Mais vous n'échapperez pas à cette affaire-là ! C'est moi qui vous le dis !

– Sir, j'ai décidé de ne plus m'occuper d'enquêtes criminelles... Votre pari tombe donc mal.

– Retenez bien ceci, sir Malcolm Ivory : le jour où vous recevrez de moi une nouvelle invitation, c'est ce jour-là que le meurtre aura lieu. En refusant de vous déplacer, vous deviendriez complice. Est-ce assez clair ?

Sir Malcolm se fit reconduire prestement hors de Bedlam's Manor par le vieux majordome qui, dans l'interminable couloir aux tableaux d'ancêtres, ne cessa de tousser et de crachoter. Dans le hall d'entrée, un chien, tel un cerbère, les attendait. Toutefois il ne grognait pas. Il tendait son cou pelé comme s'il tentait d'aboyer sans y parvenir. D'une race indécise, il devait être très vieux. Mais le trouble de l'aristocrate tenait à autre chose : le chien muet était borgne et le fixait de son œil intact.

Chapitre 3

Trois mois passèrent. Sir Malcolm Ivory s'était replongé dans ses activités favorites : lire, jouer aux échecs, cultiver les orchidées de la serre de Falcon Manor. Comme il le lui avait promis, il reçut à déjeuner le superintendant Forbes, les troisièmes mardis de chaque mois. Il se rendit également au club des Scriveners et au théâtre, dormant ces soirs-là dans son appartement de Soho, accompagné par le fidèle Wen Chang. Bref, sir Malcolm était heureux et, depuis qu'il avait pris la décision de ne plus répondre aux sollicitations de Scotland Yard, se sentait libre comme au temps de sa jeunesse. D'ailleurs il avait contacté une agence pour préparer son voyage en Extrême-Orient. Son effarante visite au domicile de sir Peter Greenaway s'estompait dans sa mémoire. Mrs Dorothea Pickwick, sa vieille gouvernante, était ravie, elle qui reprochait depuis toujours à sir Malcolm de salir le nom des Ivory en s'« acoquinant » avec Scotland Yard !

En fait, durant les premières semaines, il s'était demandé si l'avocat international avait été subitement atteint de démence ou si son comportement ne cachait pas quelque plan plus ou moins pervers. Aussi avait-il surveillé discrètement les agissements des habitants de Bedlam's Manor. Les journaux lui avaient rapporté que sir Peter s'était montré particulièrement brillant lors d'un procès commercial à sensation opposant la célèbre firme anglaise Barnett à la Tang Shi Company de Hong Kong. Son épouse, lady Hillary, était apparue lors de la kermesse de charité du Price College où elle avait dédicacé son étude sur Agatha Christie. Par ailleurs, les échotiers avaient salué la présence (qu'ils qualifiaient de rarissime) de lady Jane Tompson, la fille de sir Peter et de lady Hillary, aux côtés de son mari, l'excellent joueur de cricket Jeremy Tompson, lors de la demi-finale du Championnat des Grandes Écoles. Rien de tout cela ne sortait de l'ordinaire pour une famille aristocratique londonienne plutôt mondaine. Aussi, à la fin du premier mois qui suivit l'étrange entretien, sir Malcolm Ivory finit-il par n'y plus penser.

Or le 13 août de cette année-là, alors que sir Malcolm venait de rentrer d'une longue promenade dans le parc ensoleillé, Wen Chang lui remit un pli qu'un porteur venait de lui confier. Il reconnut immédiatement le blason des Greenaway au coin gauche de l'enveloppe. D'un coup, la curieuse visite à Bedlam's Manor lui revint à l'esprit. Plus fébrilement qu'il n'eût voulu l'admettre, il s'empressa de lire le message suivant :

Sir Ivory est instamment prié d'assister à la conférence donnée le 16 août à 15 heures précises par sir Peter Greenaway. Cette conférence aura lieu dans la salle H de la bibliothèque de Lincoln's Inn et portera sur le thème : « Curiosités bibliophiliques et juridiques. À qui appartient un livre ancien ? » Place numérotée assurée.

Avait été rajouté un post-scriptum de la main de sir Peter :

Je compte sur vous !

Sir Malcolm demeura songeur un long moment. Pouvait-il refuser cette invitation ? Le thème de la conférence l'intéressait au premier chef : en effet le bruit courait depuis un certain temps que les bibliothèques privées possédant des œuvres rares devraient les tenir, le cas échéant, à la disposition des organismes publics. Il était logique que le juriste Greenaway se soit intéressé à cette épineuse question et en fasse part aux propriétaires de collections importantes, dont sir Malcolm faisait partie. Toutefois l'aristocrate se souvenait de l'étrange prédiction de l'avocat : « Retenez bien ceci : le jour où vous recevrez de moi une nouvelle invitation, c'est ce jour-là que le meurtre aura lieu. » Et il avait ajouté : « En refusant de vous déplacer, vous deviendriez complice. »

Cela avait-il un sens ? Un crime perpétré au cours d'une conférence au Lincoln's Inn devant des dizaines de spectateurs était-il envisageable ? Et soudain le problème apparut différemment à l'esprit de sir Malcolm. Et si l'avocat l'avait prévenu de cette façon originale que c'était lui, sir Peter Greenaway, qui allait être la victime d'un meurtre ? Sous le couvert d'un pari absurde, n'était-ce pas plutôt un appel au secours qu'il lui avait lancé ? Mais alors pourquoi cette dureté, cette dissimulation ? N'aurait-il pas été plus simple et plus courtois de sa part d'exposer clairement ses craintes ou, éventuellement, d'apporter les preuves de ce qu'il redoutait ?

Néanmoins il était clair que, dans ces conditions, sir Malcolm ne pouvait se soustraire à son devoir. Si, effectivement, sir Peter était en danger, l'aristocrate devait répondre à son appel et envisager de quelle façon il pourrait intervenir. Mais comment protéger sir Peter d'un ennemi totalement inconnu ? À quel moment de la conférence l'assassin frapperait-il ? Et, d'ailleurs, comment sir Peter avait-il pu savoir trois mois auparavant que ce serait justement lors de cette conférence que le drame aurait lieu ? C'était vraiment là une situation extraordinaire et, à moins d'imaginer que l'avocat était déséquilibré, le risque qu'un crime se produise s'imposait à l'esprit de sir Malcolm.

Il appela Scotland Yard et demanda Douglas Forbes. Sans lui expliquer par quel cheminement il en était arrivé à cette conclusion, il lui demanda de bien vouloir le rejoindre au début de la conférence au Lincoln's Inn. Le superintendant fut tellement ravi de reprendre du service au côté de son grand ami qu'il accepta avec empressement. Il assura même qu'il viendrait avec le lieutenant Findley, son fidèle second. Sir Malcolm leur recommanda de s'habiller en civil, mais d'être néanmoins armés. Puis il se perdit en diverses conjectures, espérant surtout qu'il allait déranger Forbes pour rien.

Le 16 août, sir Malcolm se présenta à la salle H de la bibliothèque de Lincoln's Inn vers 14 h 30. L'endroit avait été réhabilité au XIXe siècle et rappelait les plus beaux jours du règne de Sa Majesté Victoria avec ses vitraux allégoriques et ses boiseries sculptées. Afin de ne pas nuire à l'authenticité de ce chef-d'œuvre, on avait décidé de ne pas y installer la climatisation. La journée étant torride, et bien que l'on ait ouvert quelques vasistas, la pièce menaçait de se transformer en étuve. Heureusement sir Malcolm, qui connaissait les lieux, avait prévu de se vêtir d'un superbe costume de lin blanc qui, ajouté à sa prestance naturelle, lui donnait fière allure.

Quelques personnes âgées commencèrent à arriver vers 14 h 40 et s'installèrent au premier rang. Suivirent des membres des Scriveners que sir Malcolm connaissait bien, tels lord Archibald Strewford, vieux collectionneur d'incunables, lord John Peter Astrew-Benett dont la bibliothèque était l'un des trésors du Cheshire, sir Phileas Clarck, le conservateur en chef de la Royal Library, sir Edmond Wosley, expert auprès du Parlement. S'y joignaient des personnalités de la société politique et culturelle londonienne telles que la très charmante comédienne Raquel Esley ou la terrible commère Dorotea Jumbott. Tous saluèrent sir Malcolm Ivory d'un signe de tête fort affable et allèrent s'asseoir avec beaucoup de dignité, conscients que la conférence de sir Peter Greenaway était, avant tout, un événement mondain.

Vers 14 h 50 un groupe d'étudiants en droit reconnaissables à leur col dur et à leur écusson vint remplir les places libres avec cette désinvolture qui caractérise la jeunesse. Puis, quelques minutes avant le début de la causerie, apparurent Forbes et Findley ; n'ayant plus de place pour s'asseoir, ils demeurèrent un instant debout, le temps qu'un appariteur leur apportât une chaise. Le superintendant était mal habillé, comme à l'ordinaire, mais il avait cru bon de placer une fleur artificielle au revers de son veston – le comble du mauvais goût !

À 15 heures précises, sir Peter parut sur l'estrade et vint s'asseoir derrière la petite table qui avait été disposée à cet effet. Il portait l'habit avec élégance et, au moment de saluer, il lança à l'assistance un regard pénétrant et dominateur. Il sembla à sir Malcolm que le coup d'œil circulaire du conférencier pour jauger la salle s'était arrêté un imperceptible instant sur lui – un mince sourire était alors apparu sur ses lèvres. De plus, sir Malcolm remarqua qu'un léger bandage entourait la main gauche de l'avocat et qu'il avait rasé sa moustache d'ordinaire si travaillée, si notoirement britannique.

– Mesdames, mesdemoiselles, messieurs, la rumeur qui prend toujours sa source dans les zones sombres de l'inconscient populaire...

La voix de l'orateur était un curieux mélange. Elle se voulait persuasive et charmeuse, mais à tout instant elle se faisait tranchante, capable d'assener les coups les plus durs. Sans doute sa profession d'avocat avait-elle exercé sir Peter à ces ruptures de rythme qui, dans le prétoire, devaient être d'un redoutable effet. L'auditoire, composé surtout d'aristocrates, fut rapidement conquis ; le conférencier défendait en effet les droits inaliénables des propriétaires à conserver par-devers eux les ouvrages de leur collection contre l'avis insensé des travaillistes et autres anarchistes qui tentaient de dilapider les biens du Royaume en les jetant en pâture à une population analphabète, et d'ailleurs rétrograde...

Sir Malcolm surveillait la salle comme devaient le faire Forbes et Findley, mais plus le temps s'écoulait, plus il était persuadé que, grâce au Ciel, rien d'anormal ne se passerait. Les personnalités rassemblées là ne pouvaient être soupçonnées. Les étudiants prenaient des notes avec soin, devinant que sir Peter, président de la Commission des Examens, évoquerait fort probablement un sujet qu'il choisirait pour le rattrapage de septembre... Quant aux gens du spectacle et du livre, on les voyait mal se lever soudainement en pointant un revolver sur l'orateur !

Sir Malcolm sortit sa montre de son gousset et la consulta. Il était 15 h 46 très exactement. À ce moment, un léger brouhaha se répandit comme une onde dans la salle. Sir Peter s'était interrompu au milieu d'une phrase ; il tentait de se redresser, se tenait la gorge comme s'il était en train d'étouffer. D'un bond, sir Malcolm se leva et se précipita vers les trois marches qui menaient à l'estrade.

Chapitre 4

Le moment d'émoi passé, on comprit que sir Peter Greenaway avait été victime de la chaleur qui régnait dans la salle H. On ouvrit son col, on lui donna à boire un verre d'eau. Fièrement, d'un geste brusque, il repoussa ceux qui s'occupaient de lui, respira profondément, reboutonna son col, ajusta sa cravate et reprit sa conférence comme si rien ne s'était passé. Le teint de son visage, d'ordinaire jaunâtre, était devenu blême. Sa voix était légèrement moins assurée, mais ses phrases n'en demeuraient pas moins éloquentes et bien tournées. Le public admira la volonté de l'homme et lorsque, à 17 h 10, il acheva sa causerie par une envolée du plus beau lyrisme contre « ceux qui veulent saccager notre culture au nom d'un mondialisme et d'un socialisme décadents », il reçut une véritable ovation que le sujet plutôt austère n'aurait pas à lui seul provoquée.

Sir Malcolm Ivory alla saluer deux ou trois des personnalités présentes tandis que sir Peter, descendu de l'estrade, conversait avec lord Peter Astrew-Benett et sir Edmond Wosley. L'avocat s'était visiblement ressaisi de son indisposition et pestait contre les ardeurs de la saison. Les étudiants étaient partis, ainsi que les vieilles gens des premiers rangs. On pria ceux qui restaient de passer dans un petit salon voisin où avait été disposé un cocktail. Sir Peter s'installa à une petite table en compagnie de Raquel Esley et de Dorotea Jumbott. Sir Phileas Clarck se joignit à eux. Le thé leur fut servi. Il sembla que cette tablée s'amusait assez des bons mots, sans doute pimentés, de la perfide Mrs Jumbott. Même sir Peter esquissait de temps en temps un mince sourire. Pendant ce temps sir Malcolm put constater que Forbes et Findley, debout devant le buffet, continuaient de surveiller l'assemblée tout en dégustant des petits-fours et en buvant un whisky. Rien ne paraissait anormal. L'habituel train-train des mondanités suivait son cours, avec son lot de commérages et de vanités de toute nature. Sir Malcolm avait horreur de ces rituels-là. Heureusement sir Edmond Wosley vint le retrouver et ils bavardèrent ensemble du dernier tournoi d'échecs de la Royal Society où s'était illustré le Russe Gasparov.

À 18 h 15 un domestique vint apporter un billet à sir Peter Greenaway qui le consulta et se leva aussitôt, donnant ainsi le signal du départ. Mais comme sir Malcolm s'approchait de lui afin de lui présenter ses respects, l'avocat le retint et, le prenant à part, murmura afin que nul ne l'entende :

– Je vous avais prévenu... Tenez ; lisez !

Et il lui tendit le billet qu'il venait de recevoir. Sir Malcolm le déplia et lut :

Veuillez rentrer à Bedlam's Manor immédiatement. Un grand malheur est arrivé. Nini.

– Nini est le surnom ridicule que nous donnons à l'une de nos domestiques, précisa sir Peter. Venez avec moi. Notre grand pari est engagé, cher détective !

– Vous voulez dire... commença sir Malcolm.

– ... qu'un crime a eu lieu ? Sans aucun doute ! Et un crime parfait. À vous de jouer, mon bon ami.

Sir Malcolm fit signe au superintendant et au lieutenant de les suivre. Ils montèrent tous les trois dans la Rolls-Royce conduite par Wen Chang et suivirent la Chevrolet de sir Peter.

– Que se passe-t-il ? demanda Forbes. Tout a été fort calme, il me semble...

– Douglas, laissa tomber l'aristocrate, je me suis fait berner comme un collégien. En nous rendant à cette conférence nous avons fourni à sir Peter Greenaway un alibi en or tandis qu'un meurtre avait lieu à son domicile.

– Un meurtre ? s'étonna le superintendant.

– J'ignore encore qui a été tué, mais le billet qu'a reçu sir Peter est, à mon sens, très explicite. Un pari ! Un crime parfait ! Et moi qui avais décidé de prendre ma retraite ! Ce Greenaway est un monstre, voilà la vérité !

Il s'en voulait d'avoir été piégé, mais à présent il ne pouvait plus revenir en arrière. Mieux ! Sa réputation de brillant enquêteur était en jeu. L'avocat lui avait lancé un défi. Il lui appartenait de le relever.

Devant le portail entouré de deux puissantes colonnes, un homme d'une quarantaine d'années semblait attendre. Il était curieusement vêtu d'un costume de tweed sur un polo blanc. Lorsqu'il reconnut la voiture de sir Peter, il traversa vivement le jardin paysager qui séparait Bedlam's Manor de la grille d'entrée et vint ouvrir la porte de l'automobile. Pendant que la Rolls-Royce se rangeait derrière la Chevrolet, les deux hommes avaient échangé quelques mots. Puis l'inconnu se tourna à l'approche de sir Malcolm.

– À qui ai-je l'honneur ? demanda-t-il avec un léger accent français.

Sir Malcolm déclina son identité et présenta les deux officiers de police.

– Mon nom est Serge Leblond, dit le quadragénaire. Vos services de Scotland Yard sont déjà arrivés.

Ses cheveux roux contrastaient avec la pâleur de son visage.

– Est-ce vous qui avez appelé le Yard ? demanda Forbes.

– Non, non. C'est Nini. Je veux dire : Jenny, la cuisinière. Elle revenait de commissions, je crois... Et c'est là qu'elle a trouvé...

– Qu'a-t-elle trouvé ? demanda Findley.

– Eh bien, Jeremy... Le pauvre Jeremy... Il était mort.

Durant cet échange, tout le monde avait suivi sir Peter qui, à grandes enjambées, était entré dans la demeure. Sir Malcolm revit le chien borgne qui semblait monter la garde dans le hall.

Au fond de l'interminable galerie des ancêtres se trouvait une grande porte vitrée à deux battants qui donnait sur le parc à l'arrière du manoir. Un ancien pavillon de chasse était blotti au cœur d'un bouquet de peupliers. Ce plaisant bâtiment devait dater du XVIIIe siècle. C'est là qu'ils se rendirent, suivant l'avocat.

– Jeremy en avait fait son bureau, expliqua Leblond.

Ils entrèrent. Un petit couloir donnait sur deux portes. L'une ouvrait sur une salle d'eau qui servait aussi de rangement. L'autre, envahie par les hommes du Yard, était effectivement un bureau, encore que sur la gauche avait été installé un bar américain aux rayonnages bien remplis de toutes sortes de whiskies et d'apéritifs continentaux. Du côté droit se trouvait un canapé de cuir rouge foncé sur lequel était lourdement affaissé le corps d'un homme d'une trentaine d'années, blond, au visage d'une grande finesse. Il portait une chemise blanche sur laquelle on distinguait une tache de sang à hauteur du cœur.

Sir Peter se tourna vers sir Malcolm. Il était essoufflé par la marche précipitée et par la chaleur. Il dit simplement :

– Alea jacta est.

– Qui était ce jeune homme ? demanda Forbes.

– Mon gendre, Jeremy Tompson, marié à ma fille Jane. C'était le fils de maître Archibald Tompson, mon collègue du barreau, très gros cabinet d'affaires...

Il avait répondu sur un ton sec, quasiment impersonnel et comme si la victime n'appartenait pas à sa famille.

Au centre de la pièce se trouvait un bureau sur lequel régnait un certain désordre de papiers, de livres de droit et de romans d'amour. Sur le sol recouvert d'un tapis de haute laine étaient étalées les différentes pièces d'un jeu de cricket.

– Votre gendre était champion de cricket, dit sir Malcolm.

– Oui, si l'on peut qualifier ainsi un amateur qui se prenait au sérieux, répondit l'avocat.

Le superintendant s'était approché du docteur qui venait d'achever ses premières constatations. C'était une jeune recrue du Yard qui, après son stage à la maison centrale, serait envoyée dans quelque région.

– Alors, Needleman ?

– Apparemment poignardé d'un seul coup bien placé. Cœur foudroyé. La blessure a peu coulé extérieurement. Sans doute une hémorragie interne. Bref, mort instantanée. Voyez, il était en train de boire. Le verre lui a échappé et le contenu s'est répandu sur son pantalon.

– À quelle heure estimez-vous le décès ?

– Oh, entre seize et dix-sept heures si j'en juge par la température du corps, mais la chaleur exceptionnelle de cette journée peut fausser mon estimation d'une demi-heure...

Un inspecteur relevait déjà des empreintes un peu partout dans la pièce. Sir Malcolm exigea que sir Peter et le nommé Leblond quittent les lieux afin de ne pas brouiller les indices encore repérables. Puis il demanda au photographe de service de ne rien négliger et de prendre un maximum de photographies de détail et d'ensemble. Enfin, laissant Forbes et Findley sur place, il regagna, en retraversant le parc, la demeure des Greenaway en compagnie de l'avocat et du Français.

Lady Hillary Greenaway, l'épouse de sir Peter, accueillit sir Malcolm Ivory avec une grâce et une distinction qui révélaient immédiatement de quelle société policée elle était issue. Son visage ingrat était déjà ridé, bien qu'elle ne dût pas avoir plus de cinquante-cinq ans. Ses yeux intelligents et scrutateurs rappelaient qu'elle était une spécialiste des romans à énigme. En revanche sa façon vieillotte de se vêtir la faisait ressembler à ces poupées du XIXᵉ siècle que l'on exhibe dans les musées.

– Ah, sir Malcolm, dit-elle en tendant la main, mes chers parents connaissaient bien votre père, le grand antiquaire Philip Ivory. Ils lui avaient acheté plusieurs meubles et quelques tableaux qui se trouvent à présent ici. Mais quel malheur, n'est-ce pas ? Je revenais...

Sir Peter lui coupa la parole :

– Où étiez-vous cet après-midi ?

– Mais, très cher, vous le savez bien ! J'étais invitée à ce concert de musique baroque... J'adore la musique baroque. Et en revenant tout à l'heure, Nini m'a appris... Pauvre Jeremy ! Comment va réagir Jane en rentrant ?

– Votre fille n'est pas encore au courant ? demanda sir Malcolm.

– Elle est chez son psychiatre, ce faiseur de Trueman ! fit sir Peter d'un air rogue. Voilà encore une de ces inventions modernes tout à fait ridicules ! Aller raconter ses fantasmes à un inconnu !

À la demande de lady Hillary, ils s'assirent tous dans les fauteuils du grand salon. C'était une pièce austère qui n'avait certainement pas été conçue par une femme. Le cuir noir et le marbre y régnaient.

– Et donc, récapitula sir Malcolm, le regretté Jeremy était votre gendre, le mari de votre fille Jane... Il était avocat comme son père.

– Pas comme son père ! s'insurgea sir Peter. Et pas comme moi !

– Oh, fit vivement lady Hillary, il ne faut pas critiquer un défunt ! Il nous entend peut-être, voyez-vous...

Son mari haussa les épaules :

– Cessez vos sornettes, je vous prie !

– Vous ne croyez en rien, remarqua l'épouse d'un ton très doux quoique réprobateur.

Sir Malcolm se tourna vers Serge Leblond qui était demeuré avec eux bien qu'il fût, à première vue, étranger aux Greenaway.

– Et vous, monsieur ?

Il parut surpris.

– Moi ? Eh bien, je suis le secrétaire personnel de sir Peter et, en quelque sorte, de la famille...

– Pas en quelque sorte ! s'écria lady Hillary. Vous faites partie de la famille, cher enfant !

– C'est vrai, reconnut Leblond. Sir Peter m'a recueilli en 1945 à l'issue de la Campagne de France, et a eu la bonté de m'adopter. Je dois à la famille Greenaway tout mon bonheur. Je ne les en remercierai jamais suffisamment.

– Ça va, ça va, fit l'avocat. Assez de sentimentalisme, je vous prie ! Et, à présent, veuillez bien nous expliquer où vous étiez cet après-midi...

– J'étais à la réunion de copropriété de l'immeuble où je possède un petit studio. Le syndic était en retard. Il devait arriver à trois heures. Nous avons perdu la moitié de l'après-midi à l'attendre. Il n'est arrivé qu'à quatre heures et nous a retenus jusqu'à cinq heures et demie. C'est seulement en rentrant ici que j'ai appris par Nini ce qui était arrivé.

– Donc, calcula sir Peter, entre trois heures et cinq heures vous avez un alibi, tout comme vous, ma chère, et tout comme moi-même. Il en va sûrement de même pour Jane puisqu'elle était chez ce charlatan de docteur Trueman.

Il se tourna vers sir Malcolm et le fixa d'un œil dur avant de lancer :

– Eh bien, cher ami, vous allez ramer avec tous ces alibis !

– Oh, fit sir Malcolm en souriant, à Cambridge je faisais partie de l'équipe d'aviron et nous avons gagné trois grands prix !

Chapitre 5

Le lendemain matin, sir Malcolm se rendit au New Scotland Yard. Il n'aimait pas cet immeuble moderne qui lui paraissait peu apte à la réflexion. D'ailleurs il ne s'était jamais intéressé aux moyens scientifiques que les savants avaient mis au point pour traquer les assassins à partir de résidus de salive ou de sang découverts sur un mégot ou sur un bouton de porte. Pour lui, ces méthodes étaient, en quelque sorte, trop faciles et enlevaient ses droits à la déduction pure.

Le superintendant Forbes le reçut dans son bureau. Avec ses grandes baies, l'endroit faisait penser à un aquarium.

– Sir, je ne vous comprends pas. Vous me disiez, il y a trois mois, que vous aviez décidé de ne plus coopérer avec nous, et voilà que vous plongez tête baissée, si je puis dire, dans cette affaire du gendre des Greenaway. Connaissiez-vous ces gens-là ?

– À vrai dire, répondit sir Malcolm, sir Peter fait partie des Scriveners, mais ce n'est pas pour cette raison que j'ai plongé, comme vous dites. C'est parce que je suis lié à un pari stupide. Oui, stupide est le mot, mais surtout terriblement pervers. En fait, je vais vous révéler qui est l'assassin de ce Jeremy Tompson. C'est sir Peter lui-même !

– Mais c'est impossible ! À cette heure-là nous étions deux cents à assister à sa conférence !

– C'est exact, reconnut l'aristocrate, et pourtant c'est un fait. Nous sommes confrontés là à un crime parfait.

– Non, dit Forbes. Le crime parfait n'existe pas !

– De façon voilée, sir Peter s'est vanté de l'avoir commis et a parié avec moi que je ne découvrirais pas comment il a réalisé cet ignoble exploit.

– Mais hier vous craigniez que ce soit lui qui soit assassiné pendant sa conférence !

– Je me trompais. Voyez-vous, nous avons affaire à un esprit supérieur. Afin que je vienne assister à sa causerie et qu'ainsi je sois le premier témoin de son alibi, il m'a subtilement laissé entendre qu'il pourrait bien être lui-même la victime de ce meurtre. Pendant ce temps, et contre toute logique, il tuait ailleurs !

Forbes prit sa tête entre les mains :

– Mais, sir Malcolm, c'est du délire ! C'est totalement impossible, à moins qu'il ait payé un homme de main.

– Je ne le crois pas. Sir Peter Greenaway est un prétentieux qui a trouvé un moyen de nous berner. À nous de découvrir la machinerie qu'il a réussi à mettre au point. Écoutez, allons voir le docteur Gardner. Il importe que nous travaillions avec méthode.

Le Dr Gardner était un vieil ami de sir Malcolm Ivory. Sous un physique de nabot le médecin légiste cachait une intelligence aiguë et un sens de l'humour très développé. Son laboratoire se trouvait au troisième sous-sol du Centre d'Investigation. Les deux hommes s'y rendirent par un ascenseur qui diffusait une musique sirupeuse digne d'un hôtel bas de gamme.

– Hello ! fit Gardner. J'en ai fini avec votre client. Un sacré poivrot ! Il devait dès son réveil s'imbiber de whisky ! Et c'est sûrement là-dedans qu'on lui avait mis une bonne dose de strychnine, de quoi tuer net un cheval de labour !

– Strychnine ! répéta Forbes. Mais je croyais qu'on l'avait poignardé.

– Les deux, dit Gardner. Empoisonné et poignardé en plein cœur. Le meurtrier a cru bon d'achever sa victime à l'arme blanche. Mais ce coup de grâce était inutile. L'homme était déjà décédé.

– Et à quelle heure évaluez-vous le décès ? demanda sir Malcolm.

– Si votre homme a déjeuné vers midi ou une heure, ce qui est probable, l'état de la digestion plaide pour une mort entre quatre et cinq heures, ni avant ni après.

– Et donc, conclut Forbes, pendant la conférence de sir Peter.

– Alors que toute la famille était absente, ajouta sir Malcolm. C'est bien ce que je vous disais !

– Il faut vérifier tous ces alibis ainsi que ceux des domestiques. Rien ne nous dit qu'ils sont vrais !

– Naturellement, fit l'aristocrate, il faut tout vérifier, mais vous verrez... Il y a forcément une explication, mais nous ne la découvrirons pas par une enquête de routine. Je vous ai dit que le meurtrier était très fort !

– Mais pourquoi sir Peter aurait-il tué son gendre ? demanda le superintendant.

– Dans un crime parfait il n'y a jamais de mobile apparent, dit sentencieusement sir Malcolm. Sir Peter m'a provoqué. Et s'il l'a fait, c'est qu'il se croyait assuré de son impunité.

– Un crime gratuit ? hasarda le superintendant.

– Allez savoir... Un homme comme celui-là n'est pas fait comme nous tous.

Ils remontèrent dans le bureau de Douglas Forbes. Le lieutenant Findley les y attendait. C'était un officier d'une quarantaine d'années qui lorgnait la place de superintendant ; il avait sans doute d'ailleurs les capacités pour occuper un jour un tel poste.

– Lieutenant, dit Forbes, veuillez bien nous dire ce que vos hommes et vous avez découvert d'intéressant dans les vêtements de Jeremy Tompson et dans le pavillon de chasse où a été retrouvé le corps.

– À vos ordres, sir.

Ils approchèrent tous les trois de la table recouverte de marbre qui servait à l'exposition des pièces à conviction. Des sacs en plastique réglementaires étaient disposés dessus. Le lieutenant se saisit du premier et le montra afin que l'on puisse en distinguer le contenu par transparence.

– C'est la chemise que portait la victime, expliqua-t-il. Voyez ici le trou net provoqué par le passage de la lame. Il est entouré d'une tache de sang de quelques centimètres de diamètre. La plaie a peu saigné. D'après Johnson, l'arme devait être fine ; un coupe-papier, par exemple...

Il prit un autre sac dont il fit sauter le cachet, puis en fit tomber le contenu sur la table.

– Voici les objets trouvés dans les poches du pantalon du mort. Je vous rappelle qu'il ne portait sur lui ni veston ni gilet à cause de la chaleur. Donc, un mouchoir utilisé que j'ai fait analyser et qui contenait des traces de sueur. Ces traces ont été prélevées et confiées au laboratoire. Il y avait aussi ces trois billets de 100 livres froissés et ce petit canif.

– Voyons le reste, demanda Forbes.

Findley se saisit d'un troisième sac réglementaire qu'il vida sur la table.

– Ces objets ont été trouvés à l'intérieur du veston de la victime. Ce veston avait été disposé sur le dossier d'une chaise du bureau. Il est du même tissu que le pantalon du mort. Nous y avons trouvé un passeport au nom de Jeremy Tompson, un carnet de notes, un petit carton sur lequel sont notés une adresse et un numéro de téléphone, un ticket pour le match de cricket Liverpool-Manchester du 30 août prochain, une feuille de papier pliée en deux à l'en-tête du laboratoire Colson and Strewdell, et enfin cet autre papier plié en quatre sur lequel se trouve un poème manuscrit. C'est tout, messieurs !

Sir Malcolm Ivory considéra ces éléments avec beaucoup d'attention. Le passeport portait la trace de quelques voyages aux États-Unis, ainsi que sur le continent. Le dernier, en France, datait de juillet. À en juger par les cachets de douane, Tompson y était resté trois jours. C'était d'ailleurs ce que confirmait le carnet de notes. Tompson s'était rendu à Paris en avion entre le 8 et le 11 juillet. Il était descendu à l'hôtel Ritz, un hôtel particulièrement luxueux et coûteux de la place Vendôme. Était-il seul ? Aucune note ne permettait de le savoir. En revanche, la page du carnet du 16 août, jour du crime, avait été arrachée !

L'adresse sur le bristol était celle du Dr John Oliver Trueman, psychiatre.

– Le médecin de la fille de Greenaway, dit sir Malcolm qui se souvenait que ce dernier avait, la veille, prononcé ce nom devant eux.

La feuille du laboratoire médical Colson and Strewdell prévoyait un rendez-vous le 18 août, mais aucune autre indication n'était portée. Quant au poème manuscrit, était-il de la main de Tompson ? Si c'était le cas, le pauvre garçon avait beau avoir fait ses études d'avocat, il n'était guère doué pour les lettres ! Une vraie littérature de collégien amoureux !

À ma Jane préférée
cet amour que je lui porte
depuis de nombreuses années.
Pour la vie faites en sorte
que je sois un homme heureux
et comblez mon vœu si cher
d'avoir de vous un enfant.
Je vous redis tout mon amour
avec tendresse et pour toujours.

– Évidemment, remarqua le superintendant, ce n'est pas du Shakespeare ! Mais c'est émouvant, tout de même, cet homme qui souhaite avoir un enfant et le déclare ainsi à sa femme...

Le lieutenant Findley prit la parole :

– Nos services ont bien travaillé. Sur le bureau se trouvait un buvard qui porte encore les traces des lettres de ce poème. Il a dû être écrit le jour même de sa mort, voire quelques heures ou quelques minutes plus tôt. Par ailleurs, comme vous l'avez sans doute remarqué, ce bureau était en grand désordre. Parmi les ouvrages de droit et les romans d'amour populaires se trouvait cet agenda.

Il sortit d'un nouveau sac l'objet en question et fit remarquer que, là encore, la page du 16 août avait été arrachée.

– Lieutenant, je vous félicite, dit sir Malcolm. Toutefois je note que vous ne nous avez pas parlé du jeu de cricket qui se trouvait sur le tapis.

– En effet, sir. Il s'agit d'un jeu neuf. Les cartons d'emballage avec la cellophane, le papier du marchand de sport, la ficelle dorée ont été retrouvés à côté du nécessaire de cricket, ce qui prouve que ces objets étaient un cadeau et ont été déballés dans le bureau même peu de temps avant le meurtre.

– Et vraisemblablement par Jeremy Tompson lui-même puisqu'il est grand amateur de ce sport, ajouta sir Malcolm. Ainsi pouvons-nous reconstituer les derniers moments de ce malheureux. Il se trouve seul, ou, du moins, le croit-il, dans la salle principale de la petite maison de chasse qui lui sert de bureau. Il écrit le poème et le glisse dans la poche de son veston, se réservant d'en faire la surprise à lady Jane, son épouse. Puis il déballe le cadeau qu'il a reçu. Ou plutôt, non ! C'est le contraire ! Il déballe le cadeau, voit qu'il s'agit d'un nécessaire de cricket, pense qu'il s'agit d'un cadeau de sa femme et aussitôt écrit le poème pour la remercier. Ensuite, comme c'est un buveur assidu, il se sert un ou plusieurs verres de whisky et, installé confortablement sur le canapé, admire le magnifique jouet que l'on vient de lui offrir.

– Oui, dit le superintendant, les événements ont dû se dérouler ainsi. Mais comment l'assassin pouvait-il prévoir que sa victime allait boire telle marque de whisky, et de telle bouteille ?

– Nous avons fait analyser cette nuit toutes les bouteilles qui se trouvaient sur les rayons du bar américain, intervint Findley. Aucune d'entre elles ne contient le moindre poison. Quant au pantalon qui avait reçu le contenu du verre échappé à la main de la victime à l'instant de sa mort, eh bien, le laboratoire n'a pas encore achevé son travail. J'attends les résultats d'un moment à l'autre, mais il est vraisemblable que nous trouverons là des résidus de strychnine.

– La bouteille contenant l'alcool empoisonné a donc disparu, conclut Forbes.

– De même que le verre et le poignard, ajouta sir Malcolm.

– En effet, confirma Findley, les onze verres trouvés dans le bureau ont été analysés. Ils étaient tous propres et l'examen microscopique a montré qu'aucun d'entre eux ne présentait la moindre trace de strychnine.

– L'assassin n'a rien négligé, dit sir Malcolm, et il est même vraisemblable qu'il nous a laissé de faux indices afin de nous égarer.

Chapitre 6

Après avoir déjeuné rapidement à la cantine des officiers du Yard, sir Malcolm Ivory et Douglas Forbes se firent conduire à Bedlam's Manor dans une voiture de la police.

– Je ne comprends pas, dit le superintendant, pour quelle raison vous affirmez que Greenaway est le meurtrier direct de son gendre alors que nous avons nous-mêmes constaté son alibi !

– Le poison, Douglas ! N'est-ce pas une arme qui peut tuer à distance ?

– Certes ! Mais le poignard ?

Sir Malcolm ne répondit pas et s'enferma dans un silence que l'officier connaissait bien. L'affaire se présentait mal et l'aristocrate ne savait pas où diriger ses investigations. En lui lançant un pari, sir Peter l'avait obligé à s'occuper de cette affaire difficile. Et sir Malcolm regrettait de s'être laissé piéger.

Le vieux domestique vint leur ouvrir et les conduisit au grand salon. Presque aussitôt, lady Hillary, la maîtresse de maison, entra dans la pièce et les accueillit. Elle avait revêtu un ensemble violine à l'ancienne mode qui aurait pu appartenir à sa mère. Elle ne portait aucun bijou et son visage n'était pas fardé.

– Ah, sir Malcolm, comme nous sommes peu de chose entre les mains de Dieu !

– Certainement, my lady, répondit l'aristocrate. Pouvons-nous nous asseoir ?

– Je vous en prie. Vous savez, je suis bouleversée. Jeremy était un garçon réservé, timide même, mais c'était un brave cœur. Il m'adorait. Je puis le dire ! Et Jane, son épouse, était pour lui un véritable objet de dévotion. Elle se remettra difficilement de cette perte abominable. Un meurtre ! Un meurtre chez nous ! Qui a pu commettre un tel geste ?

Elle triturait nerveusement un mouchoir entre ses mains fines et veinées de bleu.

– My lady, reprit sir Malcolm, vous comprendrez que nous devons interroger chaque habitant de cette honorable maison...

– Mon Dieu, pour quoi faire ? s'écria-t-elle. C'est un crime de rôdeur, évidemment ! On peut entrer dans le parc comme dans un moulin, je l'ai toujours dit à sir Peter...

– L'argent que votre gendre portait sur lui n'a pas été volé, fit remarquer le superintendant.

– Et puis, précisa sir Malcolm, un rôdeur n'empoisonne pas sa victime !

Le sang parut se retirer d'un coup du visage de lady Hillary qui balbutia :

– Le poison ? N'a-t-il pas été...

– Son décès a été provoqué par une absorption de strychnine, expliqua Forbes. Il n'a été frappé par le poignard qu'ensuite.

– Seigneur ! murmura-t-elle. Comme le monde est mauvais !

Elle demeura stupéfaite, le regard fixe. Ses mains avaient cessé de jouer avec le mouchoir.

– Je comprends, my lady, quelle peut être votre douleur, dit sir Malcolm. Et pendant ce temps, vous étiez au concert, n'est-ce pas ?

– Oui, et je me le reproche suffisamment ! Si j'avais été ici, peut-être les événements auraient-ils tourné autrement...

– Vous arrivait-il de vous rendre dans le pavillon où se trouvait le bureau de votre gendre ? demanda Forbes.

– Oh, très rarement ! C'était son domaine. Nous le voyions lors des repas qu'il prenait à notre table avec Jane quand il était là, mais, vous savez, il avait ses affaires d'avocat, son cricket...

– Travaillait-il au cabinet de sir Peter ? demanda sir Malcolm.

Elle se troubla légèrement.

– Je ne sais pas trop... Les affaires de sir Peter

sont si nombreuses, si compliquées. Et puis c'est un homme très personnel...

– Il a pourtant un secrétaire : votre fils adoptif, ce monsieur Leblond ! remarqua Forbes en levant le nez du carnet à élastique où il avait l'habitude de prendre des notes.

– Ah, un brave garçon, lui aussi ! fit lady Hillary. Il ne sait comment nous remercier de l'avoir recueilli. Ses parents avaient été tués pendant la guerre. Ici, il a trouvé la paix.

Ses doigts recommençaient à jouer avec le mouchoir et son regard retrouvait son acuité naturelle.

– Serge Leblond habite-t-il également à Bedlam's Manor ? demanda Forbes.

– Il possède un studio dans le centre de Londres où il loge d'ordinaire, mais il a gardé ici sa chambre d'adolescent. Lorsque, le soir, sir Peter le retient trop tard pour le travail, ce qui arrive quelquefois, il couche dans cette pièce.

Sir Malcolm aimait poser des questions inattendues afin de désarçonner son interlocuteur. Brusquement il demanda :

– My lady, pardonnez-moi de vous interroger de façon un peu cavalière sur les rapports de votre fille Jane et de votre gendre Jeremy. Depuis combien de temps sont-ils mariés ?

– Oh, minauda lady Hillary, ce n'est pas indiscret ! En novembre, cela aurait fait cinq ans. Jane suivait des cours de droit à l'université et devait faire un stage chez un avocat. Comme sir Peter est un ami de maître Tompson, c'est dans ce cabinet très réputé qu'elle a fait son temps. Ainsi a-t-elle rencontré le fils de la maison, notre pauvre Jeremy. Ils se sont fiancés très vite et ce fut là une union très heureuse.

– Mais ils n'ont pas eu d'enfants, n'est-ce pas ? fit sir Malcolm.

Elle poussa un profond soupir.

– Hélas ! Vous savez ce qu'est la nature et combien elle peut se montrer désagréable...

Forbes nota dans son carnet : « Ne pouvaient-ils avoir d'enfants ? Et par la faute de qui ? De lui ou d'elle ? »

– My lady, où avait lieu ce concert de musique baroque auquel vous avez assisté hier ? demanda sir Malcolm.

– Au Clarence. C'est une magnifique salle de Bloomsbury qui vient d'être rénovée. Une acoustique irréprochable ! Et surtout, hier, c'était la première à Londres du chef Hartzingler, un étonnant spécialiste de Bach. Oui, vraiment, ce fut exceptionnel !

– Y étiez-vous seule ?

– Un hasard fabuleux ! Figurez-vous que les places étaient numérotées. Savez-vous qui se trouvait à ma droite ? Mon vieil ami Jack Barton ! Bref, ce fut un après-midi très réussi. Hélas... Je vous l'ai dit, j'aurais mieux fait de ne pas m'absenter.

J'avais comme un pressentiment. Je ne me sentais pas très bien. Mais Peter a insisté durant le déjeuner, et finalement j'y suis allée.

– Pouvez-vous nous confier l'adresse de ce monsieur Barton, suggéra le superintendant.

Elle parut surprise de cette demande puis, se ressaisissant, elle s'écria :

– Vous n'allez tout de même pas mettre en doute le fait que j'étais au Clarence !

– La routine, my lady, la routine..., balbutia Forbes.

Elle haussa les épaules :

– Vous me voyez, moi, poignarder mon gendre ? Mais passons ! Jack Barton habite au 75, Green Tower Street. C'est tout près de Piccadilly.

– Nous vous remercions, dit sir Malcolm. Et sans vouloir abuser de votre patience, puis-je vous poser une autre question ?

– Je vous en prie.

– Voilà : quelles sont les autres personnes qui vivent à Bedlam's Manor ?

– La domesticité. Il y a d'abord Thomas, notre vieux maître d'hôtel, qui a aujourd'hui soixante-dix ans. Vous l'avez déjà aperçu. C'est lui qui fait office de portier et de majordome. Un homme très dévoué, d'un sérieux et d'une honnêteté irréprochables. Il loge dans l'aile gauche où il dispose de deux pièces. Ensuite il y a Nini, c'est-à-dire Jenny Ascot, qui est entrée à notre service voici dix ans. Elle doit avoir dans les trente-cinq ans. Elle aide Thomas à la cuisine et dans les grosses tâches du ménage. C'est un plaisir de la voir évoluer dans la maison tant elle est gaie, drôle – parfois même un peu trop facétieuse. Jane et moi l'apprécions beaucoup.

– Loge-t-elle également dans l'aile gauche ? s'enquit Forbes.

– Évidemment, fit brusquement lady Hillary. C'est sa place. Vous savez, sir Peter est très soucieux des convenances... Il dit toujours : « La hiérarchie est le pilier de la société. »

– My lady, reprit sir Malcolm, saviez-vous que votre gendre devait consulter un laboratoire d'analyses médicales ?

Elle fut stupéfaite :

– Un laboratoire, dites-vous ? Ah, vous vous trompez certainement ! S'il avait souffert de la moindre maladie, il m'en aurait parlé ! Nous nous entendions très bien, vous savez...

– Et avec sir Peter, comment s'entendait-il ?

Elle prit le mouchoir qu'elle tenait entre les mains et, d'un mouvement vif, le glissa dans la manche de sa robe. Puis elle répondit :

– Mon mari est un homme difficile en affaires, dur avec lui-même, intransigeant envers les autres. Il se défie de la jeunesse. Bref, il lui est arrivé de reprocher à notre cher Jeremy de trop s'intéresser au cricket, mais rien de grave !

– Aurait-il eu un motif de vouloir l'écarter de ses affaires ? insista sir Malcolm.

– Comme je vous l'ai dit, j'ignore même si Jeremy avait quelque responsabilité dans le cabinet d'avocat international de sir Peter ! Vous demanderez à Jane qui est certainement plus au fait que moi de ces questions qui me dépassent.

– Vous préférez les romans policiers...

– Surtout ceux d'Agatha Christie, en effet. J'ai d'ailleurs écrit une étude à ce sujet.

– Je l'ai lue avec un très grand intérêt, dit sir Malcolm. L'étude comparée des stratégies déductives de Poirot et de Miss Marple est extrêmement fine. Vous feriez un excellent détective, my lady !

Elle pouffa de satisfaction, son visage rosit de plaisir.

– Venant de vous, sir, c'est un compliment qui me touche particulièrement, et je ne doute pas que vous trouviez rapidement l'assassin de notre Jeremy.

À ce moment, la porte du salon fut ouverte brusquement. Une jeune femme brune de petite taille, vêtue d'une jupe et d'un pull noirs, fit son entrée.

Chapitre 7

La nervosité de la jeune femme était évidente. Ses yeux rouges montraient qu'elle avait beaucoup pleuré. Néanmoins son visage était d'une grande beauté. Les deux hommes se levèrent.

– Ma fille Jane, fit lady Hillary. Ces messieurs sont de Scotland Yard.

Les deux femmes s'embrassèrent avec une certaine effusion, puis lady Jane Tompson se tourna vers sir Malcolm :

– Où est le corps de mon mari ?

– Dans nos locaux, mais je pense que nous pourrons le ramener ici demain matin, répondit le superintendant.

Elle se laissa choir dans un fauteuil avec un soupir qui ressemblait à une plainte.

– C'est trop affreux, dit-elle d'une voix précipitée. Vraiment trop affreux ! Toute la nuit j'ai tourné et retourné cette idée folle dans ma tête :

c'est impossible, je fais un cauchemar, Jeremy est toujours vivant... Qui a pu faire ça ? Lui qui était si bon, si généreux... Et moi qui étais chez mon médecin durant ce temps, comme si ma santé avait la moindre importance !

– Un psychiatre, je crois... fit doucement sir Malcolm.

Elle répondit comme en état de somnambulisme.

– Oui, un psychiatre... Mon nouveau psychiatre... Le docteur Trueman, une sommité. J'étais là-bas...

– Lady Jane, commença sir Malcolm, nous ne voulons pas vous importuner tout de suite avec des questions... Vous souhaitez que nous arrêtions le coupable, n'est-ce pas ?

Elle hocha la tête puis, la relevant de façon volontaire :

– L'arrêter, le condamner, oui ! Je ne vivrai plus que pour voir cette ignoble crapule pendue au bout d'une corde !

– Nous reviendrons donc demain afin de vous interroger. Pour l'heure il faut tenter de vous reprendre, et surtout de dormir un peu. Votre médecin vous a-t-il prescrit quelque calmant ?

Lady Hillary prit la parole :

– Oui, sir Malcolm a raison. Demain on nous ramènera le corps. Nous aurons beaucoup à faire. Il faut que vous ayez beaucoup de courage, ma chère enfant.

Le superintendant était toujours ému par ce genre de scènes chez les familles des victimes. Mais ce beau visage ruisselant de larmes le bouleversa encore plus qu'à l'ordinaire.

Il se leva.

– Nous allons vous laisser, dit-il en s'inclinant.

Mais à nouveau la porte du salon s'ouvrit. Serge Leblond entra et, apercevant lady Jane en pleurs, s'écria :

– Oh, ne pouvez-vous pas respecter sa douleur ? La police n'a-t-elle aucune pudeur ?

– Nous partions, confirma Douglas Forbes.

Sir Malcolm s'interposa vivement :

– Cher monsieur, puisque vous venez d'apparaître, je vous demanderai de nous consacrer quelques instants. My lady, pouvons-nous nous rendre dans une autre pièce ?

– Certainement, fit lady Hillary en se levant. Vous pouvez disposer du fumoir qui se trouve à côté. Faites, je vous prie.

Sir Malcolm baisa respectueusement la main que l'épouse de sir Greenaway lui tendait, salua de la tête lady Jane, puis il gagna la porte, suivi du superintendant et du Français.

Le fumoir était une petite pièce aveugle doucement éclairée par deux lampes posées sur des guéridons. Sur les murs des trophées de chasse avaient été disposés. Des fauteuils recouverts de peaux de zèbre accueillirent les trois hommes.

– Veuillez bien m'excuser, dit Leblond, mais nous sommes tous très nerveux. Cette mort...

– Et donc, enchaîna sir Malcolm, vous avez été recueilli par la famille Greenaway...

– J'étais orphelin de guerre. Comme vous le savez, certains aristocrates britanniques ont eu la bonté d'adopter des enfants français dans mon cas.

– C'est ce qu'on appelait la loi d'adoption Churchill, si je me souviens bien.

– Exact ! J'avais six ans lorsque je suis arrivé à Londres. J'ai fait toutes mes études à Eton comme un véritable petit Anglais. Et, de fait, j'étais devenu tout à fait britannique grâce à cette loi. Sur les conseils de sir Peter j'ai suivi les cours de l'université de droit international et j'ai obtenu ma maîtrise. Depuis je travaille au cabinet Greenaway.

– N'êtes-vous pas le secrétaire particulier de sir Peter ?

– En effet. C'est une tâche très lourde, mais que je tente de gérer au mieux.

– Parfait. Je vous félicite. Mais, dites-moi, quel était le rôle de Jeremy Tompson dans ce même cabinet ?

– Oh, s'écria Leblond, Jeremy n'appartenait pas à notre cabinet ! Il avait sa propre étude et s'occupait principalement de divorces, de contrats, de dossiers comme ça.

– C'est curieux, fit remarquer sir Malcolm, que sir Peter n'ait pas voulu que son propre gendre entre dans son cabinet !

– Jeremy ne le souhaitait pas. Vous savez, ce n'était pas un grand amoureux du droit. Son père, le célèbre Archibald Tompson, l'avait obligé à poursuivre des études juridiques, mais il ne s'y était jamais intéressé que très superficiellement. D'ailleurs il aurait pu également entrer dans la prestigieuse étude de son père et il a toujours refusé.

– Et, dans ces conditions, sa propre étude marchait-elle bien ? demanda Forbes.

– Il avait toute une clientèle dans les milieux sportifs, surtout dans le milieu du cricket, sa passion.

– Et cela lui suffisait pour vivre ?

– Je le suppose... Vous comprenez que je ne me sois jamais immiscé dans ses affaires...

Il répondait avec franchise, sans aucune gêne, si bien que sir Malcolm en profita pour lui lancer :

– Dites-moi, monsieur Leblond, ne vous êtes-vous jamais marié ?

Cette fois, l'homme marqua un temps d'arrêt, puis il répondit en baissant les yeux :

– Peut-être suis-je un célibataire-né...

– C'est sans doute pourquoi vous possédez un studio à Londres... suggéra le superintendant en souriant.

Il se troubla :

– Oh, ne croyez pas... Les affaires me prennent tout entier. Sir Peter n'est pas toujours très commode, vous savez, et avec lui les temps de loisir sont réduits à une peau de chagrin ! Simplement, je ne voulais pas imposer ma présence constante aux Greenaway, encore que lady Hillary ait toujours beaucoup insisté pour que je vive à Bedlam's Manor...

– Et comment vous entendiez-vous avec le couple Tompson ?

– Très bien. Je les voyais cependant assez peu. Mes activités me tiennent surtout à Londres au cabinet Greenaway et aux Inns of Court avec sir Peter.

– Fait-il tous les jours le trajet de Bedlam's Manor au centre de Londres ?

– C'est Thomas qui le conduit avec la Rolls familiale, et parfois il prend sa propre voiture, une Chevrolet.

– Thomas ? Le majordome de soixante-dix ans ? s'étonna sir Malcolm.

– Il est très vert, rassurez-vous ! Il paraît que c'est grâce au jus de radis noir. Il en prend un verre tous les matins !

– Mais vous, monsieur Leblond, demanda soudain sir Malcolm, comment se fait-il que depuis hier vous soyez constamment dans cette maison ?

Il se troubla à nouveau. Sa pomme d'Adam allait et venait dans sa gorge.

– Les circonstances... Ce meurtre... Et puis, au mois d'août les affaires du cabinet sont nettement moins prenantes. Sir Peter m'a prié de rester ici afin de... Enfin, afin de me rendre utile, voilà.

– Et donc, hier après-midi, vous étiez à une réunion de copropriétaires... Pour votre studio, je suppose...

– Tout l'immeuble dans lequel je réside à Londres appartient aux Greenaway. En fait, le studio m'a été offert par sir Peter le jour où je suis entré au cabinet. Quant aux autres appartements, ils sont loués à des particuliers. Je devais, en somme, surveiller que tout se passait bien.

– Et vous avez attendu le syndic...

– Une curieuse histoire... Nous avions tous rendez-vous à trois heures et il n'était pas là. J'ai appris par sa secrétaire qu'il avait été appelé d'urgence auprès de son épouse qui venait d'avoir une syncope. Or il habite à l'autre bout de Londres, du côté de Newington. Bref, nous avons attendu, attendu, et il n'est revenu que vers quatre heures. Il était furieux. Sa femme se portait comme un charme. On lui avait fait une farce.

– Drôle de farce ! fit le superintendant.

– La réunion a duré jusqu'à cinq heures et demie ; il fallait régler une histoire d'inondation dans les étages. Ensuite, je suis rentré chez moi.

– Pardon, le coupa sir Malcolm, où avait lieu la réunion ? Chez le syndic ?

– Oui, au 27, Berkeley Street dans Mayfair, à côté du Musée de l'Homme.

– Et où se trouve l'immeuble des Greenaway dans lequel vous possédez le studio ?

– Au 75, St. James Street. Ce n'est pas très loin du syndic. J'y suis allé à pied en traversant Piccadilly Boulevard. À peine étais-je arrivé dans mon studio que Nini m'appelait au téléphone pour me faire part de sa terrible découverte. J'ai sauté dans ma voiture – le garage est au-dessous de l'immeuble – et j'ai foncé ici.

– Parlez-nous un peu de cette Nini, demanda sir Malcolm.

– C'est elle qui s'occupe du ménage à Bedlam's Manor, ce qui n'est pas une sinécure, mais elle ne se plaint jamais. C'est une nature heureuse, toujours aimable, d'une gaieté communicative. Son vrai nom est Ascot.

Sir Malcolm se leva du fauteuil à peau de zèbre.

– Eh bien, monsieur Leblond, je vous remercie. Vous nous avez beaucoup aidés à comprendre l'atmosphère qui règne dans la famille Greenaway. Pouvez-vous avoir la gentillesse de demander à Nini de venir nous retrouver ? Ah, avant que vous nous quittiez, un détail ! Le chien borgne qui se trouve généralement dans le hall d'entrée, comment s'appelle-t-il ?

– Nelson.

– Ah, évidemment ! se prit à rire sir Malcolm. C'est un animal très curieux. On croirait qu'il a quelque chose à nous dire…

– Il a bien quinze ans et, sans nul doute, s'il pouvait parler il aurait effectivement beaucoup de secrets à nous raconter, dit Serge Leblond en s'en allant.

Chapitre 8

– Pour un Français, remarqua Forbes, il a l'air plutôt correct, mais ne croyez-vous pas qu'entre Tompson et lui a pu exister une certaine jalousie ?

– Le fait est que le gendre avait été mis à l'écart. Sans doute était-ce une sorte de raté. N'oublions pas qu'il était alcoolique ! Mais ce n'est pas une raison suffisante pour qu'on le tue ; d'autant que Jane, son épouse, semble l'avoir beaucoup aimé.

Jenny Ascot entra dans le boudoir. C'était une fille saine et un peu lourde comme on en voit dans les campagnes. Elle tentait de se farder, mais sans goût. En revanche, ses yeux pétillaient de malice plus que d'intelligence. Elle se força à sourire en saluant les deux hommes et s'essuya les mains sur son tablier blanc.

– J'étais en train de laver les carrelages, expliqua-t-elle d'une voix légèrement aigre. C'est monsieur Serge qui m'a demandé de venir...

– Fort bien, commença le superintendant. Nous voulions vous interroger à propos du décès de Jeremy Tompson.

– C'est le gendre de sir Peter. Quelle secousse ça m'a fait !

– Racontez-nous avec précision comment vous avez découvert son corps.

Elle parut réfléchir intensément et, après un temps un peu trop long, commença :

– Eh bien, comment vous dire ? Ah, d'abord j'étais aux commissions, même qu'il y en avait des tas ! Je vais toujours au supermarché Pilot parce que c'est là qu'on trouve à peu près tout ; et puis il fallait que j'aille chez le bottier pour sir Peter, et aussi à la pâtisserie ; bref j'y ai passé presque tout l'après-midi. Quand j'ai fini, je suis revenue.

– Étiez-vous à pied ? demanda sir Malcolm.

– C'est trop loin ! fit-elle en riant. Avec tout ce que je devais ramener ! Non, j'ai une Austin, vous savez, le petit modèle... J'ai mis quelques provisions dans le coffre et d'autres sur la banquette arrière.

– À quelle heure aviez-vous quitté Bedlam's Manor ?

– Pour aller faire les commissions ? Oh, quelque chose comme trois heures. Je devais finir avant de mettre en route les draps dans la machine à laver. Il y a beaucoup de choses à faire dans une maison comme celle-là !

– Nous n'en doutons pas, fit sir Malcolm. Mais asseyez-vous donc.

– Volontiers. Depuis que j'ai vu monsieur Tompson, là, sur le canapé, j'ai les jambes qui flageolent.

Elle s'assit dans un des fauteuils et tira sa jupe sur ses genoux.

– Quelle heure était-il quand vous êtes revenue ici ? demanda Forbes.

– À vrai dire, je n'ai pas regardé, mais j'ai quitté Fawkes, le bottier, à quatre heures et quelque, même que je m'inquiétais. Il n'en finissait pas de faire la réparation et sir Peter voulait ses bottes pour le lendemain.

– Quelle réparation ? fit sir Malcolm.

– Un ressemelage que sir Peter avait demandé.

– Sur-le-champ ? C'est vous qui apportiez les bottes et vous deviez repartir avec elles ?

– Tout juste. Vous savez, sir Peter est comme ça. Il avait téléphoné le matin à Fawkes pour qu'il soit disponible quand je viendrais.

Sir Malcolm demeura silencieux un instant, puis il sortit du gousset de son gilet l'inhalateur que le parfumeur Creed lui avait spécialement préparé : un mélange de musc, de cuir de Russie et de vanille. Il en aspira une bouffée dans chacune de ses narines et reprit :

– Était-ce habituel qu'il y ait tant d'achats à faire ?

– Non. Pour ça non. Il y en avait une de ces flopées ! Peut-être qu'ils devaient recevoir des gens...

– Qui vous avait remis la liste des commissions ?

– Lady Hillary. C'est toujours elle qui s'occupe de ces choses-là.

– Avez-vous gardé cette liste ? demanda Forbes.

– Il faudra que je regarde. Peut-être qu'elle est restée dans mon sac à main... Mon *fourre-tout*[1], comme dit monsieur Serge.

– Si c'est le cas, veuillez bien nous l'apporter tout à l'heure. À présent, racontez-nous comment vous avez découvert le corps...

Elle parut hésiter, considéra ses souliers avec attention, et lança :

– Donc, je revenais des commissions. J'ai tout retiré de l'Austin. Ah, il faut que je vous dise... Il y a un garage sur le côté de Bedlam's Manor. C'est là qu'on met toutes les voitures. Donc j'ai rangé l'Austin et j'ai fait des allers et retours pour porter les sacs du garage à la cuisine. Il y a un escalier intérieur qui mène de l'un à l'autre. Ensuite, quand j'ai tout débarrassé, je devais porter les bouteilles que m'avait commandées monsieur Jeremy. Du whisky, toujours le même. On n'en trouve pas au supermarché. Je dois à chaque fois aller chez

1. En français dans le texte.

Bramley and Sons, qui sont des spécialistes de ces choses-là. Heureusement c'est à côté du bottier.

– Quelle marque de whisky ? demanda sir Malcolm.

– Du Glenkiki.

– Du Glenkinchie, rectifia l'aristocrate. C'est une excellente qualité des Lowlands. Et combien de bouteilles de Glenkinchie aviez-vous achetées ?

– Six. Toujours six. Quand monsieur Jeremy n'avait plus qu'une bouteille dans son bar, il me demandait d'aller en chercher six autres.

– Et il vous le demandait souvent ?

Elle hésita, puis répondit de façon évasive :

– Oh, des fois... Assez souvent.

– Et jamais d'autres marques ou d'autres boissons ?

– Non, c'est ça qu'il aimait.

Le superintendant prit sa grosse voix pour s'écrier :

– Allons, mademoiselle, dites-nous la vérité ! Jeremy Tompson était un très gros buveur !

Elle regarda de nouveau ses souliers avec attention.

– C'est vrai qu'il aimait bien le whisky, mais il était... comment vous dire ? Il n'était jamais dans un état... Non, il était tout à fait normal. L'habitude, je crois... C'est ce que disait monsieur Serge.

Sir Malcolm demanda :

– Ces Glenkinchie, savez-vous s'ils étaient de type courant ou si monsieur Jeremy exigeait qu'ils aient une certaine ancienneté : dix ans d'âge, par exemple...

– Ah, non. Il ne me disait rien. Du Klenkiki normal, tout à fait normal.

– Bien. Donc, vous prenez les six bouteilles et vous les portez dans le pavillon de chasse.

– C'est là que monsieur Jeremy avait son bureau, son *cabinet de réflexion*[1], comme disait toujours monsieur Serge...

– Et comment faisiez-vous pour porter ces six bouteilles ? demanda sir Malcolm.

Elle rit :

– Hé, vous ! Vous en voulez des précisions...

– C'est notre métier, mademoiselle, fit remarquer le superintendant.

– J'ai un panier spécial en métal pour les bouteilles. Je le porte vide chez Bramley and Sons, il me le remplit et je le ramène. Après quand je suis dans le bureau de monsieur Jeremy, je mets les bouteilles à leur place sur les rayons derrière le bar et je repars avec mon panier. C'est comme ça que je fais.

– Excellent ! s'écria sir Malcolm. Mais hier, les choses ne se sont pas passées comme ça.

1. En français dans le texte.

– Eh non ; hélas ! Je pousse la porte du pavillon. J'entre dans le couloir. La porte intérieure du bureau était ouverte. Ça, ce n'était pas comme d'habitude. Monsieur Jeremy aimait bien que cette porte soit fermée. Pas à clé, mais tirée. Il disait qu'il aimait être chez lui. Bref, c'est là que je l'ai vu. Il était étendu sur le canapé et j'ai demandé : « Ça ne va pas, monsieur ? » parce qu'il avait le visage tout blanc et il regardait en l'air d'une drôle de façon. C'est seulement en avançant un peu que j'ai vu la tache sur la chemise et que j'ai compris qu'il était mort. Alors je ne savais pas que faire...

– Mais vous avez fait quelque chose...

– Oui, il fallait que je prévienne. Il n'y avait personne à la maison. Je savais qu'ils étaient tous sortis. Alors je suis revenue dans le salon. C'est là que se trouve le carnet du téléphone. À tout hasard j'ai fait le numéro de monsieur Serge à son studio de Londres. Il était là. Je l'ai prévenu. Il m'a demandé d'appeler la bibliothèque de je ne sais quoi où sir Peter faisait une conférence et, comme il m'a donné le numéro, j'ai aussitôt appelé cet endroit. On m'a dit qu'on ne pouvait pas déranger sir Peter, mais que je pouvais dicter un mot qu'on lui transmettrait. C'est ce que j'ai fait.

– Et la police ? demanda Forbes.

– Ah, oui. Monsieur Serge m'avait aussi demandé d'appeler la police. J'étais un peu effrayée, à vrai dire... J'étais toute seule dans cette grande maison. Il y avait monsieur Jeremy, là-bas, avec ses yeux qui regardaient le plafond, et peut-être que l'assassin était encore dans les parages... Je n'ai été rassurée qu'à l'arrivée du premier policier, et après monsieur Serge, et d'autres personnes de la police, et je ne sais plus très bien qui.

– Dans le bureau, n'avez-vous touché à rien ? demanda Forbes.

– Oh, surtout pas ! Je suis revenue en courant pour téléphoner.

– Et les bouteilles de whisky ? fit sir Malcolm.

– Ah, j'allais pas m'en occuper ! Je les avais oubliées, celles-là !

– Oui, dit le superintendant, elles se trouvaient effectivement près de l'entrée du bureau, à l'endroit où certainement vous aviez posé le panier en découvrant le corps de Jeremy Tompson.

Elle n'était pas très belle, mais il y avait en cette Nini un certain charme qui devait être un mélange de naïveté, de spontanéité et de bonne volonté – elle respirait le bonheur. Lady Hillary Greenaway avait déclaré que sa fille Jane et elle l'aimaient bien.

– Parlez-nous un peu de Serge Leblond, fit sir Malcolm.

Elle s'emballa aussitôt :

– Ah, monsieur Serge ! Figurez-vous qu'il m'apprend le français ! Quand il est là, bien sûr...

– Est-il souvent là ?

– Oh, pas assez ! Enfin, je veux dire... C'est un homme très important, très occupé. Mais quand il a un petit moment... Il est gentil avec tout le monde, vous comprenez.

– Et spécialement avec vous, non ?

Elle s'écria :

– Oh, ne croyez pas ! C'est un Français, mais il est très correct ! Il s'amuse à m'apprendre quelques mots comme *bonjour*, *comment allez-vous*, *le chapeau de ma tante*[1]. C'est comme un jeu entre nous. Il aime bien rire, et moi aussi, j'avoue.

– Et quels étaient les rapports de monsieur Jeremy et de monsieur Leblond ?

– Normaux.

– Pas de disputes, de conversations un peu vives ?

– Ils n'avaient pas les mêmes intérêts, vu qu'ils ne travaillaient pas ensemble. *Chacun chez soi*[1] comme dit monsieur Serge. Et puis, pour monsieur Jeremy, à part sa femme il n'y avait que le cricket !

– Mais il aimait bien son épouse, n'est-ce pas ?

– Oh, pour ça, pas de problème ! Sans doute que lady Jane aurait préféré qu'il boive moins, mais ça me regarde pas, hein ?

– Un couple normal...

1. En français dans le texte.

– Oui, tout à fait normal. Mais je vais vous dire : si je me marie un jour, mon mari et moi nous ferons chambre commune. On est unis pour la vie, non ?

– Parce que lady Jane et son époux faisaient chambre à part...

– Comme lady Hillary et sir Peter ! C'est comme ça dans le grand monde... Il paraît que c'est pareil pour la reine et le duc d'Édimbourg. On se demande comment ils arrivent à faire des enfants, ces gens-là !

– Les Tompson n'en ont pas eu, en effet, fit remarquer Forbes. N'en désiraient-ils pas ?

– Ah, ça ! jeta Nini. C'est le secret des dieux !

– Lady Hillary devait le regretter, dit sir Malcolm.

– Surtout sir Peter... Mais ce n'est pas un homme qui s'exprime sur ses sentiments.

– Alors, comment savez-vous qu'il regrettait ?

– Un jour, il n'y a pas longtemps, il a dit à lady Jane : « Tu es la seule à pouvoir perpétuer le nom des Greenaway. » Pour lui, le nom des Greenaway, ça compte, vous comprenez... C'est un milieu comme ça.

– Eh bien, mademoiselle, conclut sir Malcolm, je vous remercie. Ah, j'allais oublier : êtes-vous déjà allée dans le studio londonien de monsieur Serge ?

Elle regarda l'aristocrate avec des yeux effarés :

– Parce que vous croyez... Non, monsieur, je

suis une jeune fille respectable et je tiens à ce que vous le notiez !

Et sur ces fermes paroles elle sortit du boudoir, très vexée.

– Sympathique et susceptible, dit Forbes.

– Elle en pince pour Leblond, c'est évident, affirma sir Malcolm. Seulement, étant donné la différence de classes, c'est un amour impossible... Bon, ça n'a sans doute aucun intérêt pour notre enquête, mais on ne sait jamais.

Chapitre 9

À ce moment, le majordome introduisit le lieutenant Findley qui, en un superbe garde-à-vous, salua ses supérieurs.

– Messieurs, je vous apporte les photographies prises hier sur le lieu du crime ainsi que l'identification des empreintes digitales. Je viens de relever toutes celles de la maisonnée, sauf celles de sir Peter Greenaway qui est absent et celles de la jeune fille que je viens de croiser dans le couloir.

– Très bien, dit le superintendant. Laissez-nous ce dossier et veuillez prendre les empreintes de Jenny Ascot. Pendant ce temps, monsieur Thomas, nous allons vous interroger. Veuillez vous asseoir.

Le vieil homme toussa, hésita et finalement bafouilla :

– Je préfère rester debout. Les convenances, n'est-ce pas ?

Sir Malcolm insista :

– Je vous en prie. Asseyez-vous. Nous avons beaucoup de questions à vous poser.

À regret, Thomas s'assit sur le bord d'un fauteuil comme s'il craignait de le salir. C'était un homme au visage tout ridé avec de beaux cheveux gris. Il avait dû être sportif car sa charpente demeurait intacte sous l'habit noir réglementaire du domestique de grande maison. Ses gants étaient d'une blancheur immaculée.

– Monsieur, pouvez-vous décliner votre identité... demanda le superintendant.

– Souther, Thomas Souther.

– Bien, monsieur Souther. Depuis combien de temps êtes-vous au service des Greenaway ?

– Mon grand-père et mon père étaient déjà au service de Sa Seigneurie et de sa famille, répondit-il avec une fierté évidente. Nous sommes à Bedlam's Manor depuis 1850.

– Mes félicitations ! s'écria sir Malcolm, très respectueux d'une telle fidélité. Et donc vous allez pouvoir nous aider à mieux cerner les habitudes des uns et des autres...

– Oh, que Monsieur veuille bien m'excuser, mais je ne suis qu'un domestique. La charge qui est la mienne m'oblige à une parfaite discrétion.

– Certainement, mais il s'agit ici d'un meurtre ! Scotland Yard doit tout savoir, tout comprendre... Et vous, votre devoir est de nous aider dans cette mission. Est-ce bien entendu ?

Il remua sur le rebord du fauteuil, de plus en plus mal à l'aise. Il ne devait pas avoir l'habitude de se trouver assis devant d'autres personnes.

– Je ne sais rien, vous savez...

– Procédons dans l'ordre, dit sir Malcolm. Où étiez-vous hier après-midi ?

Il n'hésita pas une seconde :

– J'ai accompagné lady Jane chez son médecin.

– En voiture ?

– Avec la Rolls-Royce.

– À quelle heure avez-vous quitté Bedlam's Manor ?

– À deux heures trente. Le rendez-vous de lady Jane était à trois heures.

– Quelle est l'adresse de ce médecin ?

– 27, Bishop Bridge Road. C'est dans Paddington.

– Est-ce là que vous conduisiez d'habitude lady Jane ?

– Non, c'était la deuxième fois seulement. Lady Jane avait changé de médecin il y a peu de temps.

– Savez-vous de quelle sorte de médecin il s'agit ?

– Monsieur, je ne me le permettrais pas.

– Et à quelle heure la consultation a-t-elle été terminée ?

– Vers cinq heures, monsieur. Ensuite nous sommes allés dans une pharmacie prendre les médicaments que le docteur avait sans doute prescrits.

Puis nous sommes rentrés. Il devait être moins de six heures. C'est alors que nous avons appris l'affreuse nouvelle. Pauvre lady Jane... Elle faisait peine à voir.

Sa voix s'était brisée. Après avoir respiré très fort, il reprit :

– J'ai connu lady Jane à sa naissance... Je l'ai vue grandir, suivre ses études, se marier. Une personne si délicate... Voyez-vous, la famille Greenaway est toute ma vie. Personnellement je ne me suis jamais marié.

– Et donc, dit sir Malcolm, vous avez assisté à l'arrivée de Serge Leblond...

– C'était juste après la guerre. Sir Peter l'avait ramené de France. Pour un continental, c'était un brave petit. Orphelin comme il l'était, il a fait preuve de beaucoup de courage et de gentillesse. Et puis il faut le dire : il a eu beaucoup de chance de tomber dans une famille comme celle-là. Lady Hillary l'a tout de suite considéré comme son fils. Quant à sir Peter il a voulu en faire un avocat, lui a payé de grandes études et maintenant c'est son bras droit. Quelle générosité, n'est-ce pas ?

– Lady Jane n'a-t-elle jamais jalousé Leblond ? Vous savez, entre enfants...

– Oh, pas du tout ! Ce n'est pas le genre de lady Jane ! Et puis avec monsieur Jeremy elle s'entendait fort bien. Un couple idéal, en somme.

– Le suivait-elle parfois au cricket ?

– Pas que je sache. Elle n'a jamais été sportive. Ce qu'elle aime, c'est passer des journées à lire ; quand il fait beau elle se promène pendant des heures dans le parc. Elle adore les fleurs, les oiseaux. Une jeune femme de l'ancien temps, si je puis me permettre...

– Et son mari, lui, pendant ce temps, travaillait dans le pavillon de chasse dont il avait fait son bureau, fit le superintendant.

– Là, je ne peux pas vous dire... C'est Nini qui s'occupait plus spécialement de monsieur Jeremy.

– Surtout pour le whisky, fit brutalement Forbes.

Thomas Souther se ferma d'un coup.

– J'ignore ce que cette personne a pu raconter à Monsieur.

– Passons là-dessus, s'empressa sir Malcolm. Je voulais vous interroger aussi sur sir Peter...

– Que voulez-vous que je dise ? fit le major-dome d'un ton rogue.

– C'est vous qui le conduisez tous les jours à son bureau...

– Oui, sir. Presque toujours...

– Dans la Rolls-Royce...

– Oui, sir.

– Et pourquoi ne l'avez-vous pas accompagné hier après-midi à sa conférence ?

– Parce que je devais m'occuper de lady Jane.

– Ne conduit-elle pas elle-même ?

– Non. Elle a horreur de ça. J'ai dit à Monsieur que ce n'était pas une jeune femme moderne... Elle souffre d'ailleurs de vertiges.

– C'est peut-être pour cette raison qu'elle va voir un psychiatre, suggéra sir Malcolm.

– Que Monsieur veuille bien m'excuser, mais cette question ne relève pas de ma compétence...

— En effet, admit l'aristocrate en souriant, mais parlez-moi un peu du chien.

Le majordome fut surpris par cette demande inopinée.

– Monsieur veut sans doute parler du chien Nelson ?

– Il m'a paru très intéressant.

– Il est là depuis des années et des années... Je n'ai pas compté. Vous avez vu : il a perdu un œil, mais c'est une brave bête, même s'il a son caractère. Il fait ce qu'il veut, et tant qu'il ne salit pas le manoir... Lady Jane l'aime beaucoup. En fait, c'est son chien. Ils se promènent souvent ensemble dans le parc, et on dirait qu'ils se parlent.

– Qu'en pense sir Peter ?

– Du chien ?

– De l'attachement de lady Jane pour cette bête.

– Oh, il n'en pense sans doute rien. Il a tellement d'autres sujets de préoccupation. C'est un grand personnage, vous savez... Mais je dois dire qu'il est d'une parfaite correction avec moi.

– Lorsque vous le conduisez à son bureau et le ramenez le soir, il doit bien vous parler un peu, engager une conversation...

Le vieil homme fit un signe rapide de dénégation avec la main :

– Oh, sir, ce serait très incorrect !

– Pourtant, depuis le temps, une certaine confiance a pu naître entre vous, insista Forbes.

– Ce n'est pas le genre de Monsieur.

– Et de lady Hillary ?

– J'apprécie hautement my lady, et sans doute est-elle moins distante que Monsieur, mais elle doit tenir son rang. C'est une Templeton !

– Vous l'avez vue rentrer dans la famille Greenaway, elle aussi... Quel âge aviez-vous à cette époque ?

– Mon père vivait encore... J'avais quinze ans. Ma mère, qui s'occupait du ménage, était décédée deux ans plus tôt. Sir Templeton, le père de lady Hillary, est un aristocrate considérable, très impressionnant. Le mariage a eu lieu dans leur château et, de ce fait, je n'y ai pas assisté. Il paraît que ç'a été le mariage de l'année. Mais j'étais très jeune...

– Eh bien, c'en est fini, monsieur Souther. Toutefois veuillez demeurer à notre disposition, je vous prie.

– Oh, dit-il en se levant, je ne quitte guère cette maison ! Depuis le temps, c'est devenu un peu la mienne... Si je puis me permettre ! Mais à mon âge on s'attache forcément.

– En tout cas, je vous félicite, fit sir Malcolm. Vous êtes droit comme un i. Un vrai chêne !

– J'ai ma méthode, répondit fièrement le vieil homme. Jamais d'alcool. Et chaque matin, un verre de jus de radis noir. C'est une recette de mon père.

– Et il est décédé à quel âge ? demanda Forbes.

– Oh, fit-il, il est mort à cinquante-cinq ans dans un accident. Là, on n'y peut vraiment rien.

Et il s'éloigna en clopinant.

Chapitre 10

Tandis que, dans le boudoir, sir Malcolm Ivory étudiait les photographies qu'avait apportées Findley, le superintendant se rendit auprès de ses hommes qui, sur son ordre, fouillaient le manoir et le parc à la recherche de l'arme qui avait servi à poignarder Jeremy Tompson.

Lady Jane avait pris un somnifère sur ordre de son médecin et dormait dans sa chambre située au premier étage de Bedlam's Manor. Sa mère, lady Hillary, s'était réfugiée dans le grand salon et affectait de relire les enquêtes policières de Dupin, le célèbre détective d'Edgar Allan Poe. Quant à sir Peter Greenaway, il avait repris le cours complexe de ses affaires et se partageait entre son cabinet d'avocat de la City et les Inns of Court. À la suite de son interrogatoire, Leblond l'avait rejoint.

Sir Malcolm rangea les clichés dans le dossier et revint auprès de lady Hillary.

– Pardonnez-moi de vous déranger une fois encore, my lady...

– Oh, ce n'est rien. Je vous en prie, asseyez-vous là, en face de moi. Que pensez-vous des déductions de ce Dupin ?

– C'est un personnage de roman.

– Ne croyez-vous pas qu'une intelligence suffisamment intuitive pourrait aboutir aux mêmes résultats que lui ?

– Je me méfie de l'intuition, avoua sir Malcolm. Dans une enquête réelle, les êtres humains sont beaucoup plus paradoxaux que dans la fiction, où l'auteur tente toujours de conférer un semblant de logique psychologique à ses personnages, faute de quoi ses lecteurs seraient perdus.

– Il me semble comprendre, expliqua lady Hillary, mais dans la vie, comme vous dites, ne peut-on également prévoir ces contradictions entre raison et sentiment, calcul et émotion ?

– En vivant sous le même toit qu'un intime, c'est sans doute possible, voulut bien admettre sir Malcolm. À ce propos, my lady, saviez-vous que votre mari, sir Peter, était joueur ?

Elle ne s'attendait guère à cette banderille et demeura sans voix un instant. Puis elle demanda :

– Qu'entendez-vous par là, sir Malcolm ?

– Saviez-vous, par exemple, que sir Peter était capable de proposer un pari à quelqu'un ?

Elle leva de grands yeux intrigués :

– Un pari ? Quelle sorte de pari, grands dieux ?

– Permettez-moi, my lady, d'en garder l'enjeu par-devers moi, du moins pour l'instant. Sachez seulement qu'il s'agit d'un pari fort original et que c'est à moi qu'il l'a lancé.

Elle se prit à rire.

– Oh, alors, ce ne doit pas être bien dangereux !

Puis elle se reprit et, soudain inquiète, s'enquit :

– Ce pari n'a rien à voir avec la mort de ce pauvre Jeremy, n'est-ce pas ?

Sir Malcolm demanda :

– Pensez-vous que ce serait possible ?

Elle secoua vivement la tête en guise de dénégation :

– Non, bien sûr... Ah, nous sommes tellement retournés ! Avez-vous une piste ?

– Les éléments se mettent peu à peu à leur place. Et donc, vous me disiez tout à l'heure que lady Jane et son mari n'avaient pas eu d'enfants... Permettez-moi, je vous prie, de revenir sur cette question, bien que, j'en convienne, ce soit fort délicat. N'en désiraient-ils pas ou ne pouvaient-ils pas en avoir ?

Elle recula instinctivement sur son siège et porta une main à ses lèvres :

– Oh, sir Malcolm ! Vous êtes si terriblement direct ! En fait, nous avons effectué des analyses... Dans ce cas, c'est ainsi que l'on doit procéder, n'est-ce pas ? Eh bien, je vous demande de garder cette information pour vous. Ma petite Jane ne peut pas avoir d'enfants. Votre curiosité est-elle satisfaite ?

– Je suis navré, fit sir Malcolm. Notre profession nous oblige souvent à une indiscrétion regrettable. Et je crois savoir que sir Peter aurait bien voulu assurer sa descendance...

– Comme moi-même... Vous savez, Serge est devenu notre enfant. Je l'ai toujours considéré comme mon fils, mais c'est tout de même un étranger ; je veux dire qu'il n'est pas de notre sang. S'il se marie, certes nous pourrons avoir, en quelque sorte, des petits-enfants, mais ils ne seront pas des Greenaway. C'est ainsi. Nous ne pouvons plus revenir en arrière, surtout maintenant.

– Je comprends, dit sir Malcolm, sincèrement navré. Avec votre permission je vais à présent me retirer.

Elle eut un geste qui exprimait sans doute la lassitude :

– Faites, faites ! Mais tous ces policiers qui rôdent ici et là dans notre propriété, ne trouvez-vous pas que c'est très incorrect ? Sachez, sir Malcolm, que je suis très choquée par ces méthodes. Lorsque le corps de Jeremy sera ramené, ne pourra-t-on nous laisser en paix pour le pleurer ?

– J'y veillerai, my lady. Je vous le promets.

Et il sortit sans que l'épouse de sir Peter lui ait tendu la main pour la baiser. Du moins avait-il appris ce qu'il souhaitait savoir. C'était lady Jane qui ne pouvait pas avoir d'enfants. Et puis après ? Cette information apportait-elle quoi que ce soit de nouveau à l'enquête ? Non, c'était une piste qui ne menait à rien. En revanche, la psychologie de la jeune femme commençait à s'éclaircir davantage. Il faudrait se rendre auprès du Dr Trueman, le psychiatre, afin de savoir de quelle phobie elle souffrait exactement. Dans le même temps, on pourrait vérifier son alibi, encore qu'il ne doutât pas qu'il soit solide.

Le superintendant sortait du pavillon de chasse au moment où sir Malcolm en approchait.

– Alors, du nouveau ?

Forbes fit la moue. Sous l'effet de la chaleur son visage mafflu fondait et se liquéfiait. Il avait ôté son veston et arborait de larges bretelles à fleurs multicolores. Le col de sa chemise était largement ouvert et sa cravate en ficelle pendait lamentablement sur le côté.

– Nous ne trouverons plus rien dans ce bureau, affirma-t-il.

– Mais moi, sur les photographies, j'ai trouvé quelque chose...

– Quoi donc, sir Malcolm ?

– Un cliché du bar a été pris de face. On voit très bien les bouteilles qui sont rangées à l'arrière sur trois rayonnages superposés. Les étiquettes sont très lisibles. Vraiment, le photographe du Yard est excellent. Comment s'appelle-t-il déjà ?

– Glucksman. Mais, sir Malcolm, qu'avez-vous remarqué ?

– Il n'y a aucune bouteille de whisky sur ces rayonnages ! D'aucune marque ! Ce sont des apéritifs, des alcools français, mais aucun whisky, ni écossais ni irlandais. Pas même un bourbon !

– Et alors ? Cela confirme ce que disait Nini... Jeremy ne buvait que du Glenkinchie et il venait d'entamer la dernière bouteille puisqu'il lui avait demandé d'en acheter six nouvelles !

– Très bien. Mais voilà le hic ! Sur une photo prise sous un autre angle, on voit très bien une bouteille de Glenkinchie posée sur un guéridon à côté du canapé où se trouvait le corps. À portée de la main de Jeremy ! Or cette bouteille est intacte. Elle n'a jamais été débouchée.

– Sapristi ! jeta le superintendant. Retournons au pavillon !

Ils entrèrent dans le bureau. Effectivement, tout ayant été scrupuleusement laissé en place par la police, la bouteille de Glenkinchie se trouvait sur le guéridon.

– Ainsi, commença sir Malcolm, pouvons-nous en déduire que la bouteille contenant le poison et qui a disparu était une bouteille en sus de son ordinaire. Jeremy l'a bue parce qu'elle était exceptionnelle.

– Pardonnez-moi, dit Forbes, mais je ne comprends pas.

– Lorsque nous sommes entrés la première fois dans ce bureau, j'avais remarqué cette bouteille de whisky sur le guéridon, mais je ne pouvais en comprendre la réelle signification puisque Nini ne nous avait pas encore expliqué la passion de la victime pour le Glenkinchie. Or, souvenez-vous, j'ai demandé à cette jeune femme si le whisky qu'elle achetait chez Bramley and Sons était un alcool normal ou de dix ans d'âge... C'est l'expression que j'ai employée au lieu de « vintage » qu'elle n'aurait pas compris.

– Oui, je m'en souviens.

– Et Nini m'a répondu qu'elle achetait toujours du Glenkinchie de modèle courant.

– En effet.

– Eh bien, je parie que le contenu de la bouteille qu'a bu le malheureux garçon cet après-midi-là était de qualité supérieure ! Un dix ou vingt ans d'âge, qui venait de lui être offert en même temps que le luxueux nécessaire de cricket !

– Mais pourquoi ? Était-ce son anniversaire ?

– Exactement. Vous venez de comprendre une pièce essentielle du puzzle. Le 16 août était l'anniversaire de Jeremy Tompson !

– Qui vous l'a appris ?

– Personne, mais c'est évident. Pour que tout puisse être programmé, il fallait une date fixe, et un anniversaire est une date fort propice pour les cadeaux !

– Certes, mais pardonnez-moi encore. Je ne comprends toujours pas.

– Je vous expliquerai. En attendant, que diriez-vous d'un petit dîner en ma compagnie, cher Douglas ?

Le superintendant raffolait de ces repas pris en tête à tête avec son grand ami. C'était généralement dans des restaurants réputés et Forbes se sentait honoré d'apparaître en de tels endroits avec un homme aussi distingué que sir Malcolm.

– Oh, sir, bien volontiers !

Et il se promettait de raconter cette soirée à son épouse qui, à travers les magazines populaires, suivait toujours avec délices les aventures des aristocrates, qu'elles fussent vraies ou supposées !

Chapitre 11

*L*e Dragon Inn, dans le périmètre piétonnier de Gerrard Street, au bas de Soho, se trouvait en plein quartier chinois. Sir Malcolm Ivory venait souvent s'y restaurer lorsqu'il descendait dans son appartement de Wardour Street, non loin de là. Avec le Red Tiger Palace, c'était un des lieux qu'il préférait car ils lui rappelaient la Chine de sa jeunesse vagabonde. Aussi, lorsqu'ils furent installés sous un vaste parasol en papier huilé où deux dragons se disputaient la perle, les deux enquêteurs se laissèrent-ils aller aux souvenirs.

Pour Douglas Forbes, c'était l'Irlande natale, les petits ports d'où, enfant, il partait en bateau dans les îles en compagnie de son père. Il sentait encore le vent du large fouetter son visage. C'était aussi son passage à l'armée, l'expédition au Transvaal, puis l'entrée dans le corps policier de

Londres. Il s'était alors marié avec une fille de Manchester qui lui avait donné deux filles. L'une était coiffeuse, l'autre venait de se fiancer à un tailleur. Ainsi la vie passait, rythmée par les enquêtes, les formulaires à remplir, les réunions, toujours des réunions, comme si elles pouvaient changer quoi que ce soit à la routine quotidienne !

Sir Malcolm, évidemment, avait une existence bien différente. Néanmoins, alors qu'il aurait pu aller de réception en réception, il préférait le calme de Falcon Manor, sa bibliothèque, ses orchidées et, de temps en temps, une partie d'échecs et un repas au club des Scriveners en compagnie de relations très choisies. Mais ici, ce soir-là, c'était naturellement vers Canton que sa mémoire se tournait. C'est là qu'il avait aimé. Il parla aussi d'un voyage à Shanghai en compagnie de sa fiancée, de la guerre avec les Japonais. Après la tourmente, il n'avait plus eu aucune nouvelle de celle qu'il aurait si volontiers ramenée en Angleterre. Ainsi, le souvenir mélancolique de ces ombres disparues envahit-il le début du repas.

Puis sir Malcolm, lorsque le canard laqué fut servi, changea brusquement de conversation.

– Douglas, ne sombrons pas dans le passé ! Comment avez-vous trouvé lady Hillary Greenaway ?

– Une personne fort distinguée... Elle parle comme un livre.

– Je l'ai interrogée tout à l'heure sur le fait que le couple Tompson n'a pas eu d'enfants. Elle m'a avoué que lady Jane était stérile.

– Ah, voilà l'explication ! Autrement, le couple avait l'air de s'entendre fort bien.

– Prenez un peu de cette sauce brune. C'est du jus de poisson.

Forbes fit la grimace :

– Sans façon ! Toutes ces choses indigènes, vous savez...

– En fait, reprit sir Malcolm, lorsque sir Peter m'a lancé ce défi, il ne m'a pas avoué que le crime dont il me parlait serait exécuté par lui-même. Et d'ailleurs comment aurait-il pu le faire de sa propre main puisque nous assistions à sa conférence au même moment ? En revanche, on pourrait imaginer qu'ayant appris le projet criminel de quelqu'un de son entourage, il ait voulu par ce défi me lancer sur une fausse piste afin de protéger l'un des siens...

– En effet, mais laquelle de ces personnes aurait pu fomenter un tel projet, et surtout le réaliser, puisque aucune d'entre elles ne se trouvait à Bedlam's Manor au moment du crime ? Bien sûr, le cyanure avait pu être introduit dans la bouteille de whisky avant le départ de chacun, mais le coup de poignard... Il a bien fallu que quelqu'un soit là !

– Il va donc falloir analyser chacun des alibis avec précision, conclut sir Malcolm. Il y en a forcément un qui est faux ! Douglas, si vous le permettez, je vais moi-même me charger de les vérifier. M'accompagnerez-vous ?

– Volontiers. Cependant, j'ai beau réfléchir, je ne vois pas qui aurait pu avoir intérêt à tuer ce garçon !

– Veuillez demander au lieutenant Findley de se renseigner sur les activités professionnelles de Tompson. Qu'il aille visiter le club de cricket où il était inscrit. Nous devons approfondir cette facette de son existence car, après tout, on pourrait envisager des tensions, voire des haines de ce côté-là. Jeremy ne rédigeait-il pas des contrats pour des joueurs, et l'un d'entre eux ne s'est-il pas cru lésé ?

– Dès demain matin je mettrai Findley là-dessus, promit le superintendant en s'attaquant avec difficulté à une cuisse de canard.

– J'aimerais aussi connaître l'état des finances du cabinet juridique de Tompson. Ceux que nous avons interrogés à cet égard ont été fort discrets.

– En tout cas, l'image que nous avons de lui pour l'instant n'est pas celle d'un battant ! Ne vivait-il pas aux crochets de la fortune de lady Jane et de sir Peter ?

Un orchestre chinois vint s'installer sur une petite estrade et une jeune fille en robe traditionnelle commença à chanter.

– Hé, fit Douglas Forbes, on croirait les miaulements d'un chat !

– Mon ami, vous n'y connaissez rien. Ce chant est un classique. Il s'intitule *Prairie d'amour après la pluie*. C'est un poème très délicat dans lequel une princesse compare son fiancé à un orage bienfaisant.

– C'est curieux, remarqua le superintendant, on croirait que vous comprenez le chinois !

– Jadis, j'ai un peu parlé le cantonais. L'étude des langues est excellente pour fortifier les méninges. Hélas, j'ai presque tout oublié ! Tenez, reprenez un peu de cet excellent canard.

– Oh, merci, sir Malcolm. C'est délicieux, mais je ne voudrais pas abuser. C'est trop piquant. Mrs Forbes, mon épouse, dit toujours : « Point trop n'en faut. »

– Belle devise, en effet ! s'exclama l'aristocrate. D'ailleurs ces gens qui ont de considérables fortunes, ce qui est le cas des Greenaway, sont toujours exposés à la jalousie... On les respecte, on les admire, certes, mais derrière la façade des complots pour tenter de les abattre sont toujours possibles.

– Oui, mais Jeremy Tompson n'était sûrement pas une grosse pointure ! À moins qu'à travers lui on ait voulu toucher sa famille...

Sir Malcolm dégusta le contenu de son assiette en silence. Cette hypothèse lui paraissait peu crédible, mais il était nécessaire de l'envisager. Certains crimes prenaient leur racine en des endroits si étranges... D'ailleurs, c'était presque toujours ce que l'on ne soupçonnait pas qui se révélait finalement être la vérité. Il en avait tant vécu de ces conclusions inattendues qui renversaient d'un coup toutes les idées reçues ! Mais pourquoi un homme aussi sérieux, un avocat aussi expérimenté, un aristocrate aussi soucieux de sa réputation que sir Peter Greenaway avait-il lancé ce défi trois mois avant que le meurtre s'accomplisse ? Il y avait dans ce fait quelque chose de totalement extravagant, et sir Malcolm avait beau y réfléchir, il ne comprenait pas ce que pouvait bien cacher ou révéler cette extravagance-là. Il dit :

– Le point de départ de notre investigation doit être l'anniversaire de Jeremy et je crois savoir pourquoi cette date fut choisie plutôt qu'une autre. Le mécanisme de l'assassinat m'est connu dans son principe, mais je n'arrive pas à comprendre le mobile de tant d'ingéniosité. Décidément, l'organisateur de cette mort est un redoutable adversaire.

– Sir Peter ne prédisait-il pas que ce serait un crime parfait ?

Sir Malcolm Ivory commanda du gingembre en dessert tandis que Forbes jeta son dévolu sur des beignets de banane. L'aristocrate hocha la tête. Cette affaire ne lui plaisait vraiment pas !

– Crime parfait ? Oui, peut-être... Mais n'est-ce pas, justement, ce que l'on a voulu nous faire croire ?

Chapitre 12

*L*e lendemain matin, dès 8 heures, sir Malcolm Ivory se fit conduire à Bedlam's Manor par Wen Chang. À peine la Rolls-Royce se garait-elle devant la fastueuse demeure des Greenaway et que sir Malcolm en était descendu que la Chevrolet de sir Peter sortait du garage et gagnait la rue. D'un geste, sir Malcolm fit arrêter le véhicule. L'avocat international était seul.

– Que me voulez-vous ? Je suis pressé.

– Sir, pardonnez-moi, mais j'aurais plusieurs questions à vous poser.

– À quel sujet ?

Le ton était sec. Le visage derrière l'ouverture de la vitre baissée était figé comme celui d'une statue de cire.

– Il me semble, sir, que votre gendre est décédé...

– À vous de vous en occuper !

Et sur cette phrase définitive, sir Peter démarra à toute allure, laissant sir Malcolm plutôt surpris par un tel manque de civilité. Mais c'était ainsi depuis le début de cette affaire. L'avocat manipulait sir Malcolm, ce n'était que trop évident, et l'aristocrate s'en trouvait blessé. Faisant contre mauvaise fortune bon cœur, il demanda à Wen Chang de regagner l'appartement de Soho et alla sonner au portail. Thomas, le vieux majordome, vint lui ouvrir.

– Puis-je me permettre de faire remarquer à Monsieur qu'il est bien tôt ?

– Pas pour sir Peter !

– Monsieur vient de s'absenter, en effet.

– Ce n'est pas vous qui l'avez accompagné avec la Rolls ?

– Je dois attendre le corps de monsieur Jeremy. On doit nous le rendre ce matin. Mais que Monsieur se donne la peine d'entrer. Je vais prévenir...

Sir Malcolm se retrouva dans le grand salon aux fauteuils de cuir noir et à la table en marbre. On aurait cru une salle d'attente de dentiste ! Il n'y manquait que les revues...

Après un petit quart d'heure, lady Hillary apparut. Elle avait remis le même ensemble violine que la veille, mais elle avait ajouté un bracelet en or ciselé à son poignet gauche.

– Vous n'êtes pas un lève-tard, sir Malcolm...

– La fortune appartient à ceux qui se lèvent tôt, my lady.

– En guise de fortune nous recevrons ce matin ce pauvre Jeremy.

Elle disait toujours « ce pauvre Jeremy » sur un ton plaintif.

– Était-il si pauvre que cela ? demanda sir Malcolm.

– Oh, fit-elle vivement, ce n'est qu'une expression ! Vous savez, ma petite Jane et lui formaient un couple modèle. Un couple exemplaire, en vérité ! D'ailleurs vous allez pouvoir en parler avec elle. Elle s'est beaucoup reposée ; les calmants que lui a administrés notre médecin de famille lui ont rendu un peu de sérénité. Que dire, que faire devant pareil drame ? Venez, suivez-moi. Elle s'est réveillée très tôt, elle aussi. Elle a pris une douche. Elle s'est habillée. Elle a beaucoup de courage.

Lady Hillary parlait un peu à tort et à travers, ce qui n'était guère son style. Elle avait passé des heures éprouvantes et ne parvenait plus à le cacher. Ils retraversèrent une partie de la galerie aux ancêtres, tournèrent à droite et se retrouvèrent dans un grand hall au fond duquel s'élevait un majestueux escalier de marbre blanc.

– C'est la partie historique du domaine, fit lady Hillary. Les appartements de Jane et ceux de son mari se trouvent au premier étage. Je vous laisse monter seul. J'ai un vieux cœur fragile, permettez-moi de le ménager. Et donc, en haut, deuxième porte à droite.

Sir Malcolm gravit les quelque vingt marches solennelles qui conduisaient au domaine du couple Tompson. Il frappa à la deuxième porte, comme on venait de le lui indiquer. Personne ne répondant, il se hasarda à ouvrir et pénétra dans un lieu si étonnant qu'il demeura un instant immobile à le contempler. La grande salle était toute décorée de guirlandes de fleurs artificielles blanches et rose tendre. D'ailleurs les murs avaient été peints en rose, eux aussi. Les meubles étaient tous de cette même couleur. On se serait cru dans une boîte à bonbons.

Il avança avec précaution tant le lieu semblait irréel. « Un vrai conte de fées pour petite fille sage », pensa-t-il. À l'autre bout de cette pièce qui devait être une sorte de salon, se trouvait une nouvelle porte, vert pomme, cette fois. Il y frappa.

– Entrez, chère maman... dit une voix fluette.

C'était une chambre, une chambre de jeune fille comme on en voit dans les albums pour enfants, avec un lit à baldaquin décoré de voilages, à nouveau des meubles charmants et puérils qui semblaient tout droit sortis d'un rêve de Lewis Carroll, et des poupées partout, assises sur les chaises, allongées sur le sofa, appuyées contre les fenêtres aux vitres décorées de décalcomanies représentant des scènes de Noël.

Lady Jane, en robe de chambre rose, était à demi allongée sur le lit et brossait longuement ses cheveux lorsqu'elle s'aperçut que ce n'était pas sa mère qui entrait.

– Oh, fit-elle simplement.

Son petit visage se contracta en une grimace :

– Déjà ?

– Non, fit sir Malcolm, ce n'est pas le retour de monsieur Jeremy. Et je comprends que vous redoutiez ce moment.

Elle posa la brosse sur la table de nuit et, se laissant aller, reposa la tête sur les deux oreillers superposés.

– À vrai dire, je ne sais plus... C'est comme dans les rêves... Quel est le moment où l'on dort ? Dans ce qu'on nomme la veille ou dans le sommeil ?

– Connaissez-vous la légende chinoise du papillon ? demanda sir Malcolm.

– J'aimerais la connaître...

– Eh bien, un mandarin rêve qu'il est un papillon, mais est-ce lui qui rêve, ou est-ce le papillon qui rêve qu'il est mandarin ?

Elle ferma les yeux. Oui, elle avait vraiment un très beau visage. Elle dit :

– Vous devez me prendre pour une petite fille...

Sir Malcolm s'assit à son chevet.

– Une petite fille bien malheureuse, n'est-ce pas ?

Une larme coula le long de sa joue, qu'elle ne songea pas à essuyer.

– J'aimais follement Jeremy, dit-elle avec force.

Il sortit de sa poche intérieure le petit poème que le malheureux avait écrit pour elle quelque temps avant sa mort, et il le lui remit. Étonnée, elle ne comprit pas aussitôt, puis elle déplia le papier. D'un coup elle redressa le buste et avidement lut ce texte naïf qui à ses yeux devait être le plus merveilleux du monde. Lorsqu'elle eut achevé, elle regarda sir Malcolm avec de grands yeux bouleversés :

– Un enfant de moi ? Mais ce n'était pas possible, hélas, et il le savait bien !

Un gros sanglot monta à sa gorge. Elle serra l'ultime message de son amour contre sa poitrine.

– Jeremy voulait vous remercier de votre cadeau d'anniversaire, je suppose... dit sir Malcolm d'une voix douce. Le jeu de cricket, ou le whisky peut-être.

Elle considéra à nouveau son interlocuteur avec surprise :

– Oui, c'était son anniversaire, mais quel jeu de cricket ? Je lui avais offert un petit canif dont il avait envie depuis longtemps, et hier je me suis répété toute la journée que c'était par la faute de ce canif... Je lui avais pourtant donné un penny en même temps. Pour conjurer le sort, n'est-ce pas ? Mais un jeu de cricket... Personne ne lui a offert hier de jeu de cricket ! Je m'en souviendrais !

Chapitre 13

– My lady, ignorez-vous qui a offert ce nécessaire à votre mari ?

– Absolument !

– Il se trouvait dans son bureau. L'emballage était encore à côté, ce qui prouve que monsieur Tompson l'avait ouvert peu de temps auparavant.

Elle réfléchit, puis elle dit :

– Vraiment, je ne vois pas qui aurait pu lui offrir ça ! Des collègues de club, peut-être... Il appartenait au club de cricket de St. John's Wood. C'est mon père qui l'avait fait inscrire dans cet endroit très fermé.

– Connaissez-vous certains de ses compagnons de jeu ?

– Non. Je ne l'accompagnais jamais et il n'était pas question que ces gens soient reçus ici. Je regrette...

– C'est un ensemble complet, avec la batte, une balle dure, et même un équipement : jambières et gant de cuir.

Elle secoua la tête avec fermeté :

– Vraiment je n'y connais rien.

– Dites-moi, my lady, je suppose que le lunch avait dû être réservé à cet anniversaire...

– Oui et non. Bien sûr, tout le monde a félicité mon époux, mais la véritable fête devait avoir lieu le soir, pour nous deux, en tête à tête. Il avait retenu une table dans un excellent restaurant, mais j'ignore lequel. Il me promettait une grande surprise...

– À part votre canif, y a-t-il eu d'autres cadeaux ?

– Ma mère a offert une cravate, mon père une boîte de cigares. Il avait sans doute oublié que Jeremy ne fumait pas !

– Et monsieur Leblond ?

– Serge ? Voyons... Je crois que c'était une bouteille, mais je ne sais pas de quoi. Vous savez, avec ce qui s'est passé ensuite, j'ai un peu tout oublié.

– N'était-ce pas une bouteille de whisky ?

Elle sursauta :

– Pourquoi parlez-vous de whisky ?

– Parce que votre mari aimait particulièrement la marque Glenkinchie.

– Ah, vous savez ça... Mais il savait se contrôler... Comme disait mon grand-père maternel : « Il faut être sobre dans sa tête », et c'était un fameux amateur de whisky lui aussi !

– Je le suis moi-même, avoua sir Malcolm. Mais, pardonnez-moi, je vais être obligé de me montrer indiscret. Lorsque je vous ai remis le poème de votre mari, vous l'avez lu et vous avez dit : « Un enfant de moi ? Mais ce n'était pas possible, hélas... »

– C'est ce que j'ai dit, et c'est la vérité. Nous aurions vivement souhaité avoir un enfant. Aujourd'hui, au moins, il me serait resté. Mais je ne pouvais pas.

– Du point de vue médical, avez-vous tout essayé ? On fait des miracles aujourd'hui...

– Voyez... Le miracle n'a pas eu lieu et ne pourra jamais plus avoir lieu, de toute façon.

– Je comprends que ce soit pour vous une grande épreuve... Et veuillez me pardonner si j'abuse à nouveau de votre gentillesse en un tel moment, mais nous devons avancer dans notre enquête... Comment s'entendaient entre eux votre mari et monsieur Leblond ?

– Oh, fort bien ! Serge est un être adorable, vous savez... Je l'ai toujours considéré non seulement comme un frère, mais même comme un véritable ami. Il était déjà là lorsque je suis née. Mon père l'avait adopté. Il avait dix ans et m'a bercée comme si j'étais sa poupée. Plus tard, lorsque je faisais mes études de droit selon la volonté paternelle, il m'aidait avec une patience d'ange, car moi, je dois vous confesser que le droit, j'en ai toujours eu une sainte horreur !

– Donc, aucune animosité entre lui et votre époux...

– Bien au contraire... D'ailleurs ils ne travaillaient pas du tout dans le même secteur. Jeremy s'était spécialisé dans les contrats sportifs, les divorces, tandis que Serge, à l'image de mon père, s'occupait de droit international, de législation commerciale, de tas de choses extrêmement pointues et plus ou moins assommantes auxquelles Jeremy n'avait aucune envie de se mesurer !

En parlant, lady Jane retrouvait des couleurs et sans doute des forces puisqu'elle manifesta le désir de se lever. Sir Malcolm lui proposa de la laisser. Elle le retint.

– Non, je vous en prie. Votre compagnie me fait du bien.

Elle passa dans son cabinet de toilette. On entendit l'eau couler. Sir Malcolm, un peu embarrassé, regardait autour de lui toutes ces poupées accumulées. Lady Jane était-elle demeurée une petite fille au fond d'elle-même ou regrettait-elle de n'avoir pas eu d'enfants au point de devoir suivre une psychanalyse.

Lorsqu'elle revint, elle avait enfilé une robe noire d'été. Sa petite taille et son corps assez quelconque contrastaient avec la beauté de son visage. Elle dit :

– Il faut que je me fasse belle pour recevoir une dernière fois mon cher mari.

On eût dit une phrase sortie d'un roman d'amour populaire, mais c'était peut-être de Shakespeare, après tout !

– Quelle étrange coïncidence que le jour de son anniversaire soit le jour de son départ... fit remarquer sir Malcolm.

– Oui, j'y ai pensé. Un curieux hasard, en effet.

– Et si ce n'était pas un hasard ?

Elle s'arrêta devant la fenêtre, considéra le parc, puis, ayant sans doute réfléchi à la question, elle se retourna.

– Pourquoi aurait-on voulu lui faire du mal le jour de son anniversaire ? Non, ça n'a pas de sens !

Sir Malcolm se risqua :

– Voyez-vous, my lady, la vie n'est pas toujours un conte de fées. Il existe des gens méchants, calculateurs...

– Je le sais bien. Mais pourquoi me dites-vous ça ?

– Parce que la mort de votre mari a été programmée.

Elle reçut cette affirmation avec un brusque intérêt mêlé de surprise :

– Qui vous permet de croire une chose pareille ?

– Asseyons-nous, je vous prie, et écoutez-moi.

Elle prit place dans un des fauteuils roses tandis que sir Malcolm faisait de même au bout du sofa.

– Voyez-vous, my lady, la coïncidence des dates entre le jour d'anniversaire et le jour de la disparition de votre époux est déjà un fait surprenant et qui, vous l'avouerez, donne à penser... Admettons donc que le meurtrier ait justement décidé de ce jour-là et non d'un autre pour agir, pour quelle raison précise l'aurait-il fait ? C'est, à mon avis, la bonne question qu'il convient de se poser. Et ne voyez-vous pas quelle est cette raison ?

– Non, je l'avoue.

– Eh bien, parce qu'un jour d'anniversaire il est normal d'offrir des cadeaux.

– Là, je ne vous suis pas ! dit-elle de plus en plus intriguée.

– Il était essentiel pour l'assassin de s'assurer du lieu et de l'heure auxquels il pourrait frapper sans risque. Et, par voie de conséquence, il lui fallait obliger votre mari à demeurer dans son bureau à un moment déterminé, c'est-à-dire lorsqu'il n'y avait plus personne d'autre que lui dans la propriété.

– Et comment parvenir à l'obliger ?

– En utilisant sa passion pour l'intéresser ! Sa passion : le nécessaire de cricket ! Monsieur Tompson avait-il l'habitude d'aller prendre un ou deux whiskies à la suite du lunch ?

– Oui, c'était une habitude immuable. Il prétendait que ça facilitait sa digestion.

– L'assassin pouvait donc compter sur ce point précis. Il savait que votre mari, après le repas, viendrait dans le pavillon. Il a donc déposé là le paquet-cadeau contenant les accessoires de cricket, de merveilleux, de luxueux accessoires qui ne pouvaient qu'enthousiasmer un fanatique de ce sport.

– Mon Dieu, s'écria lady Jane, mais c'est abominable ! Ce cadeau aurait été un piège pour le retenir dans son bureau !

– Eh oui, et l'on comprend par là toute l'intelligence calculatrice du meurtrier, car un autre cadeau attendait votre Jeremy, à moins qu'il ne s'agisse de la bouteille offerte par Serge Leblond... Du whisky, du Glenkinchie de vingt ans d'âge !

Elle perdait pied à nouveau :

– Qu'est-ce que Serge vient faire là ? demanda-t-elle.

– Je ne peux accuser personne pour l'instant, my lady, mais le whisky de vingt ans d'âge que, fatalement, allait goûter monsieur Tompson sur le canapé en contemplant les splendides éléments de son jeu favori, eh bien, il n'y a aucun doute à ce sujet : ce whisky contenait la strychnine qui l'a tué !

Elle eut un sursaut d'horreur qui s'acheva en un hoquet, puis son corps s'affaissa dans le fauteuil, évanoui.

Chapitre 14

Le malaise de lady Jane fut passager et, grâce aux bons soins de Nini, la jeune femme fut bientôt en état de reprendre la conversation.

– Non, fit sir Malcolm, pardonnez-moi. Je vous ai trop surmenée avec mes questions. Il vaut mieux que vous vous reposiez un peu.

– Sir, fit-elle, je suis vraiment navrée. Ma santé n'a jamais été excellente et les événements que je dois vivre ne sont guère de nature à l'améliorer. Néanmoins, soyez assuré que je ferai tout mon possible pour vous aider à découvrir l'odieux meurtrier de Jeremy.

Sir Malcolm prit congé. La servante l'accompagna le long du couloir jusqu'à l'escalier de marbre. Là, l'aristocrate s'arrêta et lui dit d'un ton légèrement sévère :

– Vous ne nous aviez pas dit qu'avant-hier était l'anniversaire de monsieur Tompson !

Elle fit la moue :

– Oh, est-ce si important ?

– C'est important. Racontez-moi comment le lunch s'est passé, voulez-vous ?

– Le lunch... Eh bien, c'est moi qui servais.

– Qui était à table et à quelle heure ces personnes étaient-elles arrivées à Bedlam's Manor ?

– Eh bien, il y avait lady Hillary, évidemment, qui n'était pas sortie de la matinée. Elle devait aller au théâtre ; elle s'était préparée pour partir juste après le repas. Sir Peter est arrivé avec monsieur Serge vers une heure. Ils devaient venir de Londres, je suppose... Lady Jane est descendue de ses appartements à peu près en même temps. Quant à monsieur Jeremy, il est entré le dernier dans la salle à manger. Il était dans la bibliothèque depuis plus de deux heures à consulter des livres ; ça devait être des ouvrages de droit parce que lorsqu'il est entré, il a dit à sir Peter : « Je n'arrive pas à retrouver les articles qui traitent de cette question et vous m'en voyez navré... » À ce moment-là tout le monde lui a souhaité un bon anniversaire. Il y a eu quelques cadeaux, et voilà.

– Et le lunch s'est déroulé normalement...

Elle rit :

– Mais oui ! Sir Peter n'a pas dit un mot, comme à son habitude, et dès la fin du repas il a demandé à monsieur Serge de le retrouver à la voiture. Ah, je me souviens qu'il y a eu un léger problème au sujet de l'auto qu'ils allaient prendre pour retourner à Londres. Lady Jane a dit qu'elle avait besoin de la Rolls et de Thomas pour se rendre chez son médecin. Alors sir Peter a décidé qu'il prendrait la Chevrolet et déposerait monsieur Serge à un syndicat ou un nom comme ça...

– À propos de voitures, combien y en a-t-il dans cette maison ?

– La Rolls, la Chevrolet de sir Peter, la Rover de lady Hillary, sans compter ma petite Austin, évidemment !

– Monsieur Serge n'a-t-il pas de véhicule ?

– Si, bien sûr, mais il ne reste pas dans le garage de Bedlam's Manor... Il doit avoir un garage près de son studio.

– Et quelle est la marque de cette voiture ?

– Une Française. Limoen, un nom comme ça...

– Citroën, je suppose... Quant à lady Hillary, elle s'est donc rendue à son concert avec sa Rover.

– Non. Un pneu était crevé et comme Thomas n'avait pas le temps de s'en occuper à cause du rendez-vous chez le médecin, elle a commandé un taxi.

– Parfait. À quelle heure tout ce monde avait-il quitté le manoir ?

– Vers deux heures pour les premiers, et il me semble que les derniers devaient être sortis avant la demie.

– Qui étaient-ils ?

– Lady Jane accompagnée de Thomas.

– Et vous ?

– Je devais mettre en route des draps dans la machine à laver au sous-sol. C'est ce que j'ai fait, et puis je suis partie faire les commissions avec ma voiture.

– Vous aviez donc laissé monsieur Jeremy seul ?

– Comme d'habitude, il s'était rendu dans son bureau juste après le dessert. Il avait embrassé sa femme qui partait. Je le vois encore, sa bouteille sous le bras... C'est la dernière fois que je l'ai vu vivant. C'est horrible, n'est-ce pas ?

– Quelle était cette bouteille ?

– Le cadeau que lui avait offert monsieur Serge... Une bouteille de whisky dans un carton de luxe, vous voyez... Tout le monde savait qu'il aimait le whisky écossais. Je vous l'ai déjà dit hier....

– Et quels étaient les autres cadeaux ?

– Lady Hillary avait offert une cravate. Sir Peter... Oh, je ne sais pas... C'était une boîte pas très grande... Elle a d'ailleurs fait rire tout le monde, je ne sais pas pourquoi...

– Y avait-il une grande boîte ?

– Non, pas que je sache... Lady Jane avait offert un petit couteau pliant très mignon. Monsieur Jeremy l'avait aperçu dans une vitrine et le voulait, ce dont sa femme s'était souvenue. Ils s'aimaient tellement tous les deux ! Quelle misère !

Sir Malcolm s'engagea dans l'escalier tandis que la servante regagnait les appartements de sa jeune maîtresse. Puis il reprit la galerie des ancêtres et se retrouva dans le grand salon où lady Hillary, assise dans un fauteuil, l'attendait. Elle s'était installée dans une position majestueuse que n'aurait pas désavouée la reine-mère... Le superintendant Forbes était affalé lourdement à côté d'elle. Le contraste entre ces deux êtres si différents avait quelque chose de comique.

– Ah, s'écria-t-elle, lorsqu'elle vit entrer l'enquêteur, vous avez vu ma fille ! Quel courage, n'est-ce pas ?

– My lady, commença aussitôt sir Malcolm, vous aviez omis de nous révéler que c'était avant-hier l'anniversaire de feu votre gendre !

– Ah oui, effectivement... Vous savez, un anniversaire... Ce n'est pas comme lorsqu'on a dix ans.. Les bougies et tout ça... Nous avons fêté les trente et un ans de Jeremy très simplement. Un lunch où nous étions tous réunis, quelques cadeaux... Ah, l'année dernière, c'était tout différent ! Trente ans ! Nous avions dressé une tente dans le parc et nous avions invité une trentaine d'intimes, pas davantage car sir Peter a horreur des festivités. Mais enfin il fallait bien marquer cette date importante...

– Je sais que vous avez offert une cravate, my lady...

– C'est exact ! Avec les hommes c'est plus facile qu'avec les dames. Une cravate ! Moi, j'offre toujours une cravate !

– Et sir Peter, qu'a-t-il offert ?

Elle partit d'un rire qu'elle refréna aussitôt :

– Figurez-vous qu'il a offert des cigares... Alors que le pauvre Jeremy ne fumait pas ! Vous savez, mon mari est comme ça.

– Je le croyais précis, rigoureux...

– Oui, c'est un fait, mais il a tellement de choses en tête ! C'est un homme très occupé !

– Et monsieur Leblanc, quel était son cadeau ?

– Du whisky. Une qualité supérieure, je crois. Le pauvre Jeremy était aux anges, lui qui était tellement amateur de cette boisson-là ! Il a dit : « Ah, vous avez pu en trouver ! Il me tarde d'y goûter. C'est un nectar ! » Bref, je crois que c'est le cadeau qui lui a fait le plus plaisir...

– Avec la panoplie de joueur de cricket... glissa sir Malcolm.

Elle leva un sourcil surpris :

– Quelle panoplie de cricket ?

– Il y en avait une qui venait d'être déballée dans le bureau de monsieur Tompson...

– Ah, je l'ignorais, et je me demande qui a bien pu lui offrir ça ! Pas sa femme, en tout cas ! Elle n'aimait pas ce sport que, personnellement, j'ai toujours pris pour une hérésie nationale !

Sir Malcolm se leva pour prendre congé mais, au dernier moment, il demanda :

– Êtes-vous satisfaite de votre Rover ?

– Oh oui, c'est une bonne voiture. Pourquoi me demandez-vous ça ?

– Parce que pour aller au concert, avant-hier après-midi, vous ne l'avez pas prise.

– J'étais assez furieuse ! Figurez-vous qu'un de ses pneus était crevé ! Et puis ensuite je me suis dit qu'un taxi serait plus pratique. Il est si difficile de se garer dans Londres et je n'aime guère les parkings souterrains. Une de mes amies, la duchesse de Ward, s'y est fait agresser. Vous rendez-vous compte ! Une dame d'honneur de Sa Majesté agressée dans un parking ! Nous vivons une époque affreuse, vraiment abominable... Et ce pauvre Jeremy... Je vais vous dire : c'est la démocratie qui nous a menés à ça !

Chapitre 15

La Rolls-Royce de sir Malcolm amena les deux enquêteurs au cabinet du Dr John Oliver Trueman, le psychiatre auquel lady Jane Tompson avait rendu visite l'après-midi du crime. Ce praticien tenait ses assises au 172 Piccadilly Avenue, face à Green Park. C'était un immeuble cossu qui respirait la fortune. Dans le hall, une secrétaire tout de blanc vêtue accueillit les visiteurs avec ce détachement élégant qui classe les serviteurs de grande maison.

– Messieurs ?

– Scotland Yard ! fit le superintendant en exhibant sa carte.

– Et vous voulez voir ?

– Le docteur Trueman...

– Avez-vous un rendez-vous ?

– Scotland Yard n'a pas besoin de rendez-vous ! jeta Forbes d'un air rogue.

Elle décrocha un téléphone, conversa quelques instants dans l'appareil et s'adressa ensuite aux deux hommes :

– Veuillez prendre l'ascenseur pour le premier étage. La secrétaire personnelle du docteur Trueman vous recevra.

Ils se rendirent sur place et trouvèrent un deuxième bureau d'accueil derrière lequel était assise une vieille fille aux cheveux gris tirés en arrière, aux petites lunettes cerclées de métal et aux dents proéminentes.

– Scotland Yard ? demanda-t-elle d'un ton aigre.

– En effet, répondit le superintendant en montrant une nouvelle fois sa carte. Nous devons rencontrer le docteur Trueman.

– Oh, fit-elle en roulant des yeux terribles, on ne peut pas voir le docteur sans prendre rendez-vous ! Un patient est actuellement en analyse, vous comprenez...

– Et cette consultation durera encore combien de temps ?

Elle consulta sa montre, puis un agenda, et de son ton le plus sévère :

– Encore une demi-heure... Vous pouvez toujours attendre. Il vous recevra peut-être entre deux clients...

Sir Malcolm prit la parole :

– Nous sommes ici afin d'évoquer la présence

de lady Jane Tompson dans ce cabinet, avant-hier, c'est-à-dire le 16 août.

– Et alors ? demanda la secrétaire sur un ton peu amène.

– Alors, chère madame...

– Mademoiselle ! rectifia-t-elle vivement.

– Alors, mademoiselle, veuillez bien nous dire si vous vous souvenez de la présence de cette jeune dame ce 16 août dans l'après-midi.

Elle haussa les épaules :

– Scotland Yard devrait savoir qu'un médecin est tenu au secret le plus absolu, et naturellement ses collaborateurs le sont également.

– Écoutez, s'écria Forbes en s'énervant. Il s'agit d'un meurtre ! Si vous ne nous répondez pas de la manière la plus franche, je serai dans l'obligation de vous convoquer au Yard afin de vous interroger sous serment ! Est-ce compris ?

La vieille fille regarda de travers le superintendant et s'exclama :

– Vous croyez peut-être me faire peur ! Vous savez, j'ai servi durant la guerre ! J'étais sur le front et ce n'est pas la police qui va m'ôter mes décorations !

– Ah, fit sir Malcolm, et dans quel régiment étiez-vous ?

– Le glorieux 27e ! Section infirmerie de campagne ! J'étais au débarquement de Normandie.

– La Couronne et le monde libre vous doivent

la liberté, mon lieutenant ! déclara sir Malcolm avec une admiration si bien feinte qu'on l'eût cru enthousiaste.

– J'étais seulement sergent... Mais, en effet, sans nous, l'Europe aurait basculé dans la barbarie !

– Et voyez, se plaignit l'aristocrate, la barbarie continue... Savez-vous qu'un misérable a assassiné le mari de votre cliente, lady Jane Tompson ?

– Cette petite jeune femme si gentille ? s'étonna la secrétaire.

– Eh oui ! Quelle misère, n'est-ce pas ? Et figurez-vous que cette malheureuse pourrait être accusée du meurtre de son époux si nous ne pouvions contrôler son alibi ce jour-là...

Tout changea. D'une main fébrile, elle tourna les pages de l'agenda qui se trouvait devant elle :

– Le 16 de ce mois, dites-vous... Voilà le 16. Oui, en effet, je vois écrit : « Jane Tompson. 15 heures. » C'est bien elle, n'est-ce pas ?

– Et est-elle venue à ce rendez-vous ? demanda Forbes.

– Certainement. Je m'en souviens fort bien. Elle était accompagnée en voiture par un chauffeur qui est venu jusqu'ici parce qu'il voulait savoir à quelle heure s'achèverait la visite.

– Et à quelle heure était-ce ?

– Deux heures plus tard. Les séances du docteur Trueman durent toujours deux heures.

– Et le chauffeur est resté ici à attendre...

– Non, il est redescendu dans la voiture. Je le sais parce que de ma fenêtre, vous voyez, on aperçoit toute cette portion de l'avenue. Et, j'avoue que j'ai bien regardé ; je voulais savoir quelle sorte de marque d'automobile pouvait bien avoir une lady comme celle-là.

– Et quelle marque était-ce ?

– Une superbe Rolls-Royce ! J'ai donc vu le chauffeur remonter dans la voiture. Il a attendu jusqu'à la sortie de sa patronne, une fois la séance achevée, et aussitôt ils sont repartis.

– Et vous êtes certaine que la Rolls-Royce est restée garée là durant tout le temps de la séance...

– Absolument certaine ! Je regardais de temps en temps parce que vraiment la Rolls-Royce dernier modèle est sublime, non ? Si j'avais les moyens...

Sir Malcolm s'approcha de la fenêtre qui se trouvait juste derrière le bureau de la secrétaire. De sa place, en se retournant, on pouvait en effet voir l'avenue et des voitures garées devant Green Park.

– Ce ne doit pas être facile de trouver une place pour se garer ici, fit remarquer sir Malcolm.

– Oh, nos clients ont un parking privé juste en dessous. C'est là qu'était la Rolls de lady Tompson...

À ce moment, le client qui était en analyse sortit du cabinet de consultation, accompagné par un grand et sec personnage à l'allure solennelle qui ne pouvait être que le docteur Trueman.

– Docteur, fit la secrétaire, ces messieurs de Scotland Yard souhaiteraient vous rencontrer un instant...

Le médecin considéra les deux hommes derrière ses lunettes aux verres bleutés comme il eût regardé des insectes avec un microscope.

– Bones, avez-vous dit à ces messieurs combien je suis occupé ?

– Il s'agit d'un meurtre... s'empressa la vieille fille que son patron devait avoir l'habitude de ne pas ménager.

– Bon, eh bien, un instant alors ! Entrez, messieurs.

La salle où ils pénétrèrent était un bureau richement décoré. Des peaux de bêtes sauvages ornaient les murs. Sur une tablette de l'encens brûlait dans une cassolette devant un bouddha en bois. Au fond, une porte s'ouvrait qui devait donner accès au cabinet d'analyse proprement dit. Le psychiatre s'assit derrière son bureau, fit asseoir ses hôtes et, d'une voix maniérée, demanda :

– Que puis-je pour vous, messieurs du Yard ? Ma secrétaire évoquait un meurtre...

Le superintendant prit la parole :

– Parmi votre clientèle, vous soignez lady Jane Tompson...

– En effet. Une cliente toute récente. Elle est la fille de mon ami Greenaway.

– Nous savons qu'elle est venue ici avant-hier pour une analyse... Pouvez-vous nous confirmer les heures où elle est demeurée dans votre cabinet ?

– C'est très simple... De trois heures à cinq heures.

– En êtes-vous certain ?

– Évidemment, mais ma secrétaire parlait de meurtre... Qui a été tué ?

– Jeremy Tompson, le mari de lady Jane.

Le psychiatre parut extrêmement soucieux. Il ôta ses lunettes, passa lentement la paume de la main sur ses yeux, puis il dit :

– Ça ne va pas arranger la pauvre petite !

– Parlez-vous de lady Jane ?

– Oui. Vous savez, je la connais encore mal. Elle n'est venue ici que deux fois, la première pour une simple prise de contact, et la deuxième pour une analyse qui n'a pu me renseigner suffisamment sur les fondements psychologiques de son état mental. Pour plus de renseignements, il faudrait que vous preniez contact avec mon excellent confrère, le docteur Murdoch, qui l'a soignée jusqu'à présent.

– Et pour quelle raison a-t-elle changé de praticien ? demanda sir Malcolm.

– Oh, fit Trueman, ce n'est pas de son propre fait que lady Tompson est venue chez moi. C'est son père, sir Peter Greenaway, qui me l'a amenée.

Il l'accompagnait d'ailleurs lors de notre première entrevue.

Les deux enquêteurs se regardèrent l'un l'autre, peut-être plus intéressés que surpris.

Chapitre 16

– Ainsi, fit sir Malcolm Ivory, c'est sir Peter qui vous a recommandé à sa fille...

– Oh, répondit le médecin en riant, Greenaway a toujours été comme ça ! Tout le monde doit plier devant sa volonté. Je l'ai connu à Oxford. Nous étions dans la même classe. Certes, c'était un garçon intelligent et travailleur, mais ce qui déjà définissait le mieux son caractère était cette extraordinaire faculté qu'il avait de prendre les autres pour des pions sur son échiquier personnel ! Et donc il m'a téléphoné. Ce devait être en juin. Il m'a dit d'un ton péremptoire : « Trueman, bien que je ne croie pas du tout à la psychiatrie, à la psychanalyse et d'ailleurs à l'ensemble de la médecine, je t'amènerai ma fille Jane au mois d'août pour que tu l'examines. » Et nous avons pris à ce moment-là les dates des deux premières rencontres : une, le 8 août, l'autre le 16. Voilà comment les choses se sont passées. Original, n'est-ce pas ?

– C'est donc sir Peter qui a fixé les dates, en particulier celle du 16 ? insista Douglas Forbes.

– Oui. C'est un personnage comme ça. Dieu et lui, dans son esprit, ce doit être la même personne... Bref, lors du premier rendez-vous, il m'a présenté sa fille. C'est alors que j'ai appris qu'elle était en traitement chez Murdoch. Naturellement, j'ai pris contact avec mon collègue pour comprendre pourquoi lady Jane l'abandonnait. Il m'a expliqué que sir Peter avait brutalement décidé de retirer sa fille de son cabinet. Je crois qu'il y a eu une sorte de dispute entre Greenaway et Murdoch, je n'ai pas saisi pourquoi. Devant un potentat comme sir Peter, il faut plier ou se faire casser.

Sir Malcolm et Forbes prirent congé. En sortant, ils prirent les coordonnées du Dr Murdoch.

– C'est peut-être lui qui devrait se faire soigner ! s'exclama le superintendant lorsqu'ils se retrouvèrent au bas de l'immeuble.

– Trueman a été vexé d'être manipulé par Greenaway. Il en rajoute peut-être un peu... Allons chez le docteur Murdoch.

Le cabinet du Dr Murdoch se trouvait de l'autre côté de la Tamise, dans le quartier de Newington. Le lieu était moins reluisant que celui où opérait Trueman. D'ailleurs le psychiatre les reçut aussitôt. C'était un petit bonhomme fluet avec d'énormes moustaches qui tombaient verticalement de part et d'autre de sa bouche enfantine. Il bombait le torse, sans doute pour se grandir ou mieux voir ses interlocuteurs derrière les besicles retenues au bouton supérieur de son veston par un ruban rouge.

– Messieurs, que me vaut l'honneur de la visite impromptue de nos défenseurs de l'ordre ?

– Docteur Murdoch, nous sommes envoyés ici par votre collègue le docteur Trueman, expliqua le superintendant.

– Ah, très bien. Asseyez-vous donc... C'est à quel sujet ?

– Greenaway, laissa tomber sir Malcolm.

Le petit homme leva les bras au ciel en une attitude comique :

– Ah, seigneur, que l'on m'épargne la vue de cet homme-là !

– Vous seriez-vous disputé avec lui ?

– C'est un personnage impossible ! J'avais en traitement sa fille, une jeune femme de trente ans dont les problèmes psychologiques demandent des soins très attentifs. Depuis trois ans, lady Jane était en analyse et des progrès très sensibles s'opéraient et voilà brusquement que Greenaway déboule dans mon cabinet. Une vraie furie ! Il avait décidé de me retirer le traitement de sa fille parce que, soi-disant, ça n'allait pas assez vite ! J'ai tenté de le raisonner, de lui expliquer qu'un changement de praticien pourrait avoir un effet néfaste sur la santé de la jeune femme. Mais rien à faire et, en prime, il m'a traité comme si j'étais le dernier des valets ! La pauvre Jane était navrée. Elle m'a d'ailleurs téléphoné le lendemain pour s'excuser, alors qu'elle n'y était pour rien. Bref... Pourquoi me parlez-vous de ce rustre-là ?

– Son gendre, l'époux de lady Jane, a été assassiné avant-hier...

– Oh, oh ! Assassiné ?

Il était interloqué et passa la main sur son front luisant :

– La pauvre... Jane souffre d'un traumatisme qui remonte à son enfance, je l'ai compris à travers l'analyse. Elle a été marquée par ce père autoritaire devant lequel toute la famille a toujours dû se plier. Il aurait voulu un garçon afin d'assurer la pérennité du nom des Greenaway et il en a voulu à Jane de n'être qu'une fille. Elle s'est alors réfugiée dans ses rêves. Toute sa jeunesse fut solitaire, tourmentée, son père l'ayant obligée à des études de droit qu'elle détestait. Et puis elle s'est mariée. Curieusement son père a accepté. Archibald Tompson, le père de son fiancé, était à la tête d'une belle fortune et d'un célèbre cabinet juridique. Mais bientôt, il s'est aperçu que Jeremy, le fils, ne valait pas le père. Il s'intéressait plus au cricket qu'aux affaires. Et surtout, il a appris que le couple ne pourrait pas avoir de descendance. Ce n'était pas la faute de Jane, mais c'est ainsi qu'elle l'a ressenti, elle qui aurait tellement voulu avoir un enfant ! Elle a commencé à culpabiliser et c'est pourquoi elle est venue à mon cabinet, inconsolable, terriblement meurtrie par ce qui lui semblait être une tare.

– Tous les traitements médicaux avaient-ils été tentés ? demanda sir Malcolm.

– Je le suppose... Chaque fois que je lui parlais des nouvelles découvertes de la médecine à ce sujet, elle me répondait que tout avait été essayé. Elle répétait : « Je suis comme une pierre... »

– Et Jeremy Tompson, l'avez-vous rencontré ?

– Oui, assez souvent. Il accompagnait sa femme. Ils s'aimaient profondément tous les deux. Toutefois, si elle souffrait en profondeur, lui était demeuré très insouciant. Il ne se rendait sans doute pas compte de la gravité de l'état psychologique de son épouse. Vous savez, l'entourage des personnes qui souffrent de ces dépressions se doute rarement de leur intensité.

Les deux enquêteurs quittèrent le Dr Murdoch pour se rendre chez Jack Barton, le vieil ami de lady Hillary, qu'elle avait retrouvé inopinément à côté d'elle lors du concert au Clarence. Sa demeure s'élevait au 75 Green Tower Street dans le quartier de Piccadilly. C'était un vieillard rose de visage, blond de cheveux, avec un nez pointu et des yeux perçants. Ses lèvres remuaient sans cesse, victimes d'un incessant tremblement, prélude à la maladie de Parkinson.

– Ah, messieurs, messieurs... Entrez, je vous prie. Mon majordome est absent. Aujourd'hui tout le monde part en vacances. Les gens n'ont que ces mots à la bouche : congés payés, congés payés ! De mon temps on travaillait quasiment nuit et jour. On était honnête. On ne tuait pas les gens dans le métro. D'ailleurs le métro existait à peine... Mais baste, c'est comme ça. On ne peut pas revenir en arrière !

– Monsieur, dit Forbes, nous ne vous retiendrons pas longtemps. Avez-vous le souvenir de vous être rendu avant-hier, c'est-à-dire le 16 août, à un concert ?

– Oh, certainement, certainement ! Où était-ce déjà ? Ah oui, au Clarence... Du Bach sous la direction de cet Allemand, vous savez... Mais asseyez-vous. Un après-midi mémorable, vraiment !

– Étiez-vous en compagnie de quelqu'un ?

– Non, pas précisément. J'étais venu seul, mais figurez-vous qu'une fois assis à ma place, qui vois-je arriver et s'installer à côté de moi ? Lady Hillary Greenaway ! Hé, hé ! C'est drôle, n'est-ce pas ? Une personne si cultivée, si intelligente. C'est l'épouse de Greenaway, cet avocat réputé qui s'occupe des Inns of Court !

– Votre place, sir, était-elle numérotée ?

– Au Clarence ? Oh, j'ai toujours la même

place. J'y suis abonné, vous voyez. Je l'ai choisie un peu sur la gauche de la salle parce que mon oreille droite est restée la meilleure...

– Et lady Hillary, comment se faisait-il qu'elle avait cette place à coté de la vôtre ?

– Un hasard absolu ! Hé, hé ! Elle avait reçu une invitation et son billet correspondait au numéro de ce fauteuil-là.

Sir Malcolm et le superintendant prirent congé avant que le brave homme ait eu le loisir de leur raconter toute sa vie. Ils se rendirent au Clarence, ce beau petit théâtre de Barbican où se produisent d'ordinaire les chanteurs d'opéra les plus célèbres pour des mélomanes triés sur le volet. Le directeur en était John Howard que sir Malcolm Ivory avait eu l'occasion de rencontrer, le mois précédent, à leur club d'échecs. Son bureau était dans un désordre qui rappelait un champ de bataille. Des partitions se mêlaient à des livres et à des dossiers ouverts.

– Chers amis, prenez place dans mon capharnaüm ! Je parie, sir Malcolm, que vous venez me quémander un fauteuil pour le concert de demain. Hélas pour vous et tant mieux pour l'art ! Tout est non seulement complet, mais archicomble !

Il s'agitait en faisant les cent pas dans la pièce.

– Non, monsieur Howard... Mon ami ici présent est le superintendant Douglas Forbes de Scotland Yard, et nous sommes en pleine enquête.

– Voilà le ciel qui me tombe sur la tête ! Qu'ai-je encore fait ?

– C'est au sujet de lady Hillary Greenaway, l'épouse de l'avocat international...

– Oui, je vois très bien. Qu'a-t-elle fait, cette honorable dame ?

– Vous l'avez invitée avant-hier à un concert de musique baroque. Pouvez-vous nous donner des précisions à ce sujet ?

Il fouilla sur son bureau, trouva un registre qu'il ouvrit.

– C'était le 16 août dans l'après-midi. Oui, c'est bien cela. On nous a commandé expressément la place 14 du rang D à l'orchestre au nom de Greenaway.

Il appela :

– Strewberg ! Dites-moi, vous souvenez-vous qui a commandé cette place ?

Le dénommé Strewberg examina le registre que lui tendait Howard, puis il dit :

– Oui, je m'en souviens très bien. C'était, au téléphone, le bureau de l'avocat Greenaway. La personne qui souhaitait retenir cette place, un secrétaire sans doute, m'a même demandé : « C'est bien le siège qui est situé à côté de celui de votre vieil abonné, monsieur Jack Barton ? » J'ai vérifié et j'ai dit que oui. Alors on a confirmé et j'ai envoyé le billet à l'adresse indiquée.

Sir Malcolm se mit à parler comme dans un rêve :

– C'est un plan d'une complexité inouïe. Mais pourquoi tout cela ? Pourquoi ?

Il se leva, furieux, fort mécontent de lui-même.

Chapitre 17

Tandis que la Rolls-Royce conduite par Wen Chang se rendait à l'adresse du syndic, où Serge Leblond prétendait avoir passé l'après-midi du meurtre, Douglas Forbes se livrait à quelques déductions.

– Tout avait été prévu pour que Jeremy Tompson se retrouve seul dans son bureau. Chaque familier de Bedlam's Manor avait été envoyé quelque part dans Londres : lady Hillary au Clarence, lady Jane chez le Dr Trueman où, d'ailleurs, le majordome l'accompagnait. La petite Nini faisait des commissions. Leblond était retenu à une réunion de colocataires. Quant à sir Peter, nous savons qu'il était à Lincoln's Inn en train de donner une conférence. L'un d'entre eux a commandité un homme de main pour tuer Tompson. C'est l'évidence même.

– Et à votre avis, lequel de ces suspects est ce commanditaire ?

– S'il s'avère que c'est sir Peter qui a mis sur pied l'ensemble des alibis, ce doit forcément être lui.

– À moins que, sachant qu'un meurtre allait être commis, il n'ait poussé les uns et les autres à se procurer un alibi, sachant qu'ils risquaient d'être suspectés. Mais ce n'est guère son style... Toutefois, rappelez-vous. Qui a offert la bouteille de Glenkinchie de vingt ans d'âge à Jeremy ? C'est Leblond. Et nous savons que ce devait être cette bouteille qui contenait la strychnine !

– Pourquoi aurait-il voulu le tuer ? Personne n'a évoqué la moindre animosité entre eux. Et cela n'explique toujours pas le poignard... L'assassin avait-il peur que le poison n'agisse pas, ou pas assez vite ?

– Douglas, n'oublions pas que les pages du 16 août ont été déchirées sur le carnet de la victime et sur l'agenda de son bureau. Qu'était-il écrit sur ces pages que l'assassin voulait nous empêcher de connaître ?

Ils arrivèrent au 27 Berkeley Street, le cabinet du syndic. C'était certainement une agence importante, à en juger par la façade et par la qualité de l'ameublement intérieur. C'est ce que Peter Rosten, le patron de l'établissement, leur confirma.

– Messieurs, je n'accepte de ne m'occuper que d'ensembles immobiliers importants. Sir Peter Greenaway m'a fait l'honneur de me choisir pour gérer ses propriétés. Il en possède une dizaine dans Londres et quelques-unes dans d'autres villes du royaume. C'est une fortune considérable qui lui vient, en partie, de ses ancêtres.

– Donc, avant-hier, le 16 août, vous aviez organisé une réunion de colocataires de l'immeuble du 75 St. James Street, fit sir Malcolm.

– C'est exact, ou plus exactement c'est le bureau de sir Peter qui a souhaité que cette réunion ait lieu ce jour-là.

– Est-ce habituel que le bureau de sir Peter fixe la date de vos réunions ?

– Il faut que vous sachiez que sir Peter est un esprit très centralisateur, avoua Rosten. C'est un homme redoutable en affaires et il ne fait pas bon contrecarrer une de ses volontés, même pour un détail. Il faut d'ailleurs reconnaître que son organisation est un modèle du genre. Rien n'est laissé au hasard, et c'est nécessaire lorsqu'on est à la tête d'un empire pareil !

– La réunion avait donc été fixée à trois heures, et vous n'étiez pas là, dit le superintendant.

– C'est exact. Une dizaine de minutes avant l'arrivée des représentants des locataires, un coup de téléphone d'un médecin m'a annoncé que mon épouse venait d'être victime d'une attaque cérébrale. Imaginez... J'ai sauté dans ma voiture et je me suis rendu aussitôt chez moi, dans le quartier de Newington. À cette heure-là, Londres est très encombré. J'ai donc dû arriver sur place une bonne demi-heure plus tard, et pour apprendre que mon épouse n'était pas à la maison. Mes voisins n'étaient au courant de rien. J'ai téléphoné à l'hôpital de New Kent Road qui est le plus proche. Ma femme n'y était pas. Ne sachant trop que faire, j'ai attendu... pour voir ma July revenir en taxi, un quart d'heure plus tard. Elle aussi avait reçu un coup de téléphone l'informant que j'avais été hospitalisé à la clinique Brumington de St. Lukes. Une histoire de fous ! Une blague infecte ! Heureusement nous n'avions aucun mal ni l'un ni l'autre. Je suis revenu ici vers quatre heures et quart. Les locataires étaient furieux, mais pas tant que moi !

– Était-il habituel que Serge Leblond assiste à ces réunions ?

– Oui, cela fait partie de sa charge de secrétaire personnel de sir Peter. Un bien remarquable garçon, ce Leblond ! Ah, si tous les Français étaient comme lui !

– Était-ce lui qui vous avait prévenu que la réunion devrait avoir lieu à cette date ?

– Oui, bien sûr, mais je suis certain que c'est sir Peter qui le lui avait ordonné. Leblond est un homme intelligent, brillant même, mais un simple exécutant.

Lorsque sir Malcolm et le superintendant quittèrent le bureau du syndic, il était midi. La chaleur s'était abattue sur Londres, changeant la ville en un désert. Les Anglais, peu habitués à ces excès de température, se calfeutraient chez eux, tous volets clos, ou se rassemblaient dans les pubs munis d'une puissante ventilation ou encore, ce qui était plus rare, d'une climatisation à l'américaine. Sir Malcolm adorait la chaleur de l'été qui lui rappelait l'Orient. Forbes, lui, était accablé par le climat qui anéantissait ses facultés de réflexion.

– Sir, allons dans un pub prendre une bonne pinte de bière fraîche...

Sir Malcolm eut pitié. Ils se rendirent au *Crown and Butterfly* qui ouvrait ses portes à une lancée de pierre de Berkeley Street. C'était un établissement à l'ancienne avec un bar en forme de navire. Dans le fond, des amateurs jouaient aux fléchettes, mais la plupart des clients étaient affalés sur les bancs. On leur servit une Goose and Firkin mousseuse à souhait.

– La toile d'araignée s'élargit, fit remarquer l'aristocrate. Tout a été calculé pour que chacun des membres du clan Greenaway ait un alibi indestructible. Voilà pourquoi sir Peter prédisait un crime parfait. Nous vérifierons l'emploi du temps de Nini, mais je suis certain que cette histoire de bottes à ressemeler en sus d'une liste de commissions hors du commun fait partie du même plan. Il s'agissait de rien de moins que de nous prouver combien ce meurtre, pourtant bien réel, était impossible...

Soudain, il se frappa le front et s'écria :

– Et si celui qui nous manipule était en train de nous amuser avec ces alibis trop parfaits, nous menant ainsi sur une fausse piste ? Douglas, nous devons changer notre angle de recherche. Demandez au lieutenant Findley de vérifier l'alibi de Nini. Nous, nous allons faire une visite au bureau londonien de sir Peter : il semble que ce soit là le centre de cette toile, le lieu d'où les directives ont été envoyées.

Le superintendant en était à sa deuxième chope et ruisselait de sueur. Il balbutia :

– C'est là que Leblond doit avoir ses attaches...

– Justement ! Il nous appartient de mieux comprendre comment fonctionne l'entreprise de cet avocat international qui, de toute évidence, est aussi un redoutable homme d'affaires !

Chapitre 18

Le cabinet de sir Peter Greenaway était situé sur le Strand, dans un bâtiment tout en hauteur du XVIIIe siècle à la façade blanche et marron fort caractéristique du style Adam. L'intérieur avait été complètement réaménagé et présentait tous les avantages d'un immeuble moderne.

À droite de l'entrée, un bureau à guichet était occupé par une standardiste affairée qui mit plusieurs minutes avant de pouvoir s'intéresser aux deux arrivants. Elle portait un léger ensemble rose. Sur le côté gauche de sa blouse le blason des Greenaway était complaisamment étalé. Le superintendant demanda à être reçu par Serge Leblond. Après un petit quart d'heure d'attente dans une pièce aménagée à cet effet, une secrétaire pimpante vint chercher les deux hommes et les accompagna à travers diverses enfilades de bureaux jusqu'à un ascenseur. De là, ils montèrent au troisième et dernier étage du bâtiment et se retrouvèrent bientôt dans le bureau personnel du Français.

C'était un lieu très clair, très frais, sobrement meublé. Leblond, en manche de chemise, col ouvert, les accueillit avec sympathie.

– Je me doutais que vous viendriez nous rendre visite. Hélas, sir Peter est à Staple Inn où se trouve l'Institut des Actuaires. Il a là-bas un bureau où il devait se rendre pour préparer les examens. Je me demande comment il fait pour tenir tête à toutes ses responsabilités !

– Vous êtes là pour l'aider ! fit remarquer sir Malcolm Ivory.

– Sans doute, mais c'est lui qui dirige tout, surveille tout, et avec autorité, je dois dire...

Ils s'assirent autour d'une petite table basse. Leblond demanda :

– Voulez-vous prendre le lunch avec moi ? Nous pouvons déjeuner ici même. Il suffit que je demande à ma secrétaire de nous faire monter des plateaux.

– Volontiers, accepta sir Malcolm.

– Avec de la bière bien fraîche, demanda Forbes exténué, affalé dans son siège.

– Pour moi, ce sera du thé, fit l'aristocrate.

Leblond passa la commande à la secrétaire qui s'en alla. Dès qu'elle fut sortie, sir Malcolm commença :

– Cher monsieur, nous aimerions mieux saisir le fonctionnement de cette étude. Si nous comprenons bien, tous les ordres viennent de sir Peter...

– Oh, pas tous ! s'exclama Leblond. Sir Peter s'occupe principalement des très grandes affaires internationales, laissant les moins importantes à maître Chapman et à maître Longwood qui sont ses principaux seconds. Chacun de ces avocats a sous ses ordres quelques juristes et stagiaires, sans compter les secrétaires.

– Fort bien. Et la gestion des immeubles de sir Peter ?

– Certains appartiennent à lady Hillary. C'est l'héritage des Templeton. C'est moi qui m'occupe plus particulièrement de ce fonds important sous la tutelle effective de sir Peter lui-même. Quant à la bourse et autres questions financières, elles sont de la compétence de Gary Stepleton et de son équipe. Nous sommes en train d'informatiser tous ces ensembles.

– Prenons un exemple, dit sir Malcolm. Qui s'occupe de détails comme retenir des places de théâtre, de train, de restaurant ?

– Cela dépend... Mais, généralement, c'est Chancy.

– Qui est Chancy ?

– Son véritable nom est Harry Chance, mais tout le monde l'appelle Chancy. C'est un peu l'homme à tout faire de sir Peter. Il le mène d'ailleurs à la baguette et par le bout du nez.

– Je souhaiterais rencontrer ce Chance, dit sir Malcolm. Mais auparavant, cher monsieur, pouvez-vous me dire où vous avez acheté la bouteille de Glenkinchie de vingt ans d'âge que vous avez offerte à Jeremy Tompson le jour de son anniversaire ?

Il se mit à rire :

– Oh, en fait, mon cadeau était tout différent ! Il s'agissait d'un livre.

– Veuillez vous expliquer, je vous prie, car c'est bien vous qui avez remis la bouteille de whisky à Tompson, n'est-ce pas ?

– J'avais acheté le dernier roman de Penelope Hardmort, auteur dont Jeremy raffolait. Je l'avais déposé sur mon bureau, mais au moment de partir pour Bedlam's Manor, ce midi-là, je ne l'ai pas retrouvé. Heureusement, sir Peter m'a donné cette bouteille de whisky au moment où nous sommes montés en voiture. Autrement, je serais arrivé les mains vides.

– Comment se fait-il que sir Peter avait avec lui cette bouteille ?

– C'était son cadeau pour Jeremy, mais quand il a vu que j'étais démuni, il me l'a généreusement donné, disant qu'il offrirait un paquet qu'il venait lui-même de recevoir d'un client et qu'il avait laissé sur la banquette arrière de sa Chevrolet.

Sir Malcolm demeura un moment silencieux. Cette information reportait de nouveau toute la suspicion sur sir Peter.

– Dites-moi, monsieur Leblond, comment jugiez-vous le couple Tompson ?

– Vous savez, Jane est ma petite sœur... Nous ne sommes pas du même sang, mais cela ne fait aucune différence. Elle est si fragile, si romantique... Remarquez qu'elle n'a pas toujours été comme ça. Enfant, elle était gaie, primesautière. Et puis au moment de l'adolescence, son tempérament a changé. C'est alors qu'elle est devenue plus solitaire, plus mystérieuse...

– Au point d'avoir besoin d'un psychiatre ! rappela sir Malcolm.

Il hocha la tête d'un air grave :

– Elle ne pouvait pas avoir d'enfants.

Il eut un moment de silence, puis il reprit :

– Je n'ai jamais compris. Oui, à vrai dire, je n'ai jamais saisi les liens exacts de ce couple...

Sir Malcolm insista :

– Voudriez-vous expliciter votre pensée.

– Eh bien, comment vous dire ? Je ne voudrais pas être trivial, mais pour faire des enfants, il faut coucher dans le même lit !

– Ont-ils toujours fait chambre à part ?

– Toujours ! Je suis affirmatif. Dès la nuit de noces, et comme je m'en étonnais auprès d'elle, Jane me déclara qu'ils s'étaient mariés par pur amour, et elle s'est lancée dans toute une explication sur les troubadours, les cathares et autres réflexions sur la pureté des âmes et des corps...

On vint apporter le lunch sur des plateaux. Forbes se précipita sur la bière. Lorsqu'il en eut bu une lampée, il sembla renaître.

– Il y a dans cette affaire une contradiction évidente ! s'écria-t-il. Lady Jane veut un enfant et déclare, y compris à ses psychiatres, qu'elle ne peut tomber enceinte, alors que, selon vous, son mari et elle ne font rien pour en avoir ! Avouez que c'est un peu fort. Ou bien vous vous trompez, ou il y a là une inconséquence qui exige une explication !

– Oui, reconnut Leblond, mais il est difficile d'être affirmatif sur des sujets si délicats, qui appartiennent au plus secret de l'intimité d'un couple. D'ailleurs, je suis certain que ces deux-là s'aimaient vraiment, mais d'un amour quasiment spirituel. Ou comme deux gosses que les contingences du sexe n'effleurent même pas. Il suffit de feuilleter les livres qu'ils lisaient l'un et l'autre : elle des contes de fées, lui des romans à l'eau de rose.

– Lui, le cricket, elle les fleurs du parc et le chien Nelson, compléta sir Malcolm.

– Oui, c'est à peu près ça.

Ils commencèrent à manger le melon au jambon en silence. L'étrange appartement de lady Jane avec ses roseurs, ses poupées, son lit recouvert de dentelles revenait sans cesse à l'esprit de sir Malcolm.

Chapitre 19

Leblond fit appeler le factotum de sir Peter, le dénommé Harry Chance. C'était un homme longiligne avec une tête volumineuse et ronde en haut d'un cou interminable. Ses yeux globuleux fixèrent sir Malcolm avec une curieuse intensité.

– Monsieur Chance, dit Leblond, je vous présente ces messieurs de Scotland Yard qui souhaitent vous interroger.

– À quel propos ?

Il était sur sa réserve, comme s'il allait devoir affronter des difficultés.

– Monsieur Chance, commença sir Malcolm, nous voulons seulement être éclairés sur quelques points de détails sans grande importance. D'abord, est-ce vous qui aviez retenu une place de concert au Clarence, le 16 août dans l'après-midi ?

Il répondit rapidement.

– Oui, en effet.

– Pour qui était cette réservation ?

– Mais pour sir Peter Greenaway, tout simplement !

– Est-ce lui qui vous l'avait demandée ?

– Évidemment ! Pour qui aurait-il voulu que je retienne cette place ?

– Le billet était-il nominatif ? Je veux dire, pour sir Peter, ou pouvait-il être utilisé par une autre personne ?

Il réfléchit.

– J'ai dit que l'on retienne au nom de Greenaway parce que c'est le bureau qui règle la facture dès qu'on nous l'envoie, mais je suppose que n'importe qui pouvait utiliser le billet.

– Parfait. Et pourquoi avez-vous stipulé que le siège devait se trouver à côté de celui d'un abonné, en l'occurrence celui de monsieur Jack Barton ?

– Parce que sir Peter avait bien insisté pour que je le demande. Je suppose qu'il connaît cette personne et que ça lui faisait plaisir d'écouter ce concert à ses côtés.

– Sir Peter va-t-il souvent au spectacle ?

Chance remua sa grosse tête et fit rouler ses yeux dans leurs orbites, puis il dit :

– Non, pas souvent.

– C'est-à-dire presque jamais.

– Oui, on peut dire presque jamais. D'habitude je lui retiens plutôt des tables au restaurant ou des places dans des avions. Encore que si ce n'est pas trop loin, sir Peter préfère le train.

Sir Malcolm était resté assis durant le début de l'entretien tandis que Chance était demeuré respectueusement debout. L'aristocrate se leva :

– Monsieur, je vais vous demander de répondre avec une entière franchise. Est-ce vous qui avez acheté dernièrement un nécessaire de cricket pour sir Peter ?

Il répondit sans ambages :

– Oui, en effet, mais pourquoi me posez-vous cette question ?

– Où l'avez-vous acheté ?

– Chez Toys and Company, sur Birdcage Walk. Ils vendent aussi des articles de sport.

– Il y a combien de temps ?

– Une dizaine de jours.

– Sir Peter vous a-t-il dit pour qui était cette panoplie ?

– Non. Vous savez je n'ai pas l'habitude de poser des questions. D'ailleurs, sir Peter n'y répondrait pas !

– Autre chose : est-ce vous, monsieur Chance, qui, dernièrement, avez acheté, toujours pour sir Peter, du Glenkinchie de vingt ans d'âge ?

– Oui, et j'ai même dû courir toutes les boutiques de spiritueux de Londres avant d'en trouver ! Finalement j'en ai déniché une bouteille dans la boutique d'un pub, le *Ye Olde Walting*, près de

St. Paul. Elle a coûté une fortune, mais quand il le veut, sir Peter ne se refuse rien ! Là, il m'a dit que c'était pour l'anniversaire de son gendre.

Sir Malcolm s'approcha encore plus près du factotum et, le regardant droit dans les yeux, il haussa le ton :

– C'est donc également vous qui avez téléphoné ce même 16 août à Peter Rosten, le syndic des immeubles des Greenaway !

Chance recula d'un pas. On eût dit que son visage lunaire allait se dégonfler. Il balbutia :

– Rosten ? Quel Rosten ? Je ne connais pas de syndic...

Leblond prit la parole :

– Allons, Chancy, vous savez bien qui est Rosten !

Chance se reprit :

– Ah oui, Rosten... Celui-là...

La voix de sir Malcolm se fit plus puissante tandis qu'il gardait les yeux fixés sur ceux de Chance qui tentait de les détourner.

– Vous avez téléphoné à Rosten cet après-midi du 16 août ! Que lui avez-vous dit ?

Chance ne savait plus quel comportement adopter. Ses yeux tournaient de plus en plus vite.

– Mais... Mais... C'était un coup de fil très ordinaire...

La voix de sir Malcolm s'enfla de nouveau :

– Très ordinaire, en effet ! Pour lui annoncer

que son épouse venait d'avoir un accident cérébral ! C'est bien ça ?

Le factotum baissa brusquement la tête. On eût dit que son long cou venait de se briser.

– Allons, fit Leblond, répondez !

– Je ne peux pas. Je ne peux pas, répéta Chance sur un ton lamentable.

– Et pourquoi ne pouvez-vous pas ? demanda le superintendant en secouant l'homme par la manche.

La voix puissante de sir Malcolm reprit :

– Vous ne pouvez pas parce que l'ordre de raconter ce mensonge à Rosten vous avait été donné par quelqu'un ! Qui est ce quelqu'un, monsieur Chance ?

– Non, je ne peux pas.

– Eh bien moi, je vais vous dire qui est cette personne. C'est sir Peter lui-même ! C'est bien ça ?

Chance s'effondra sur une chaise en pleurant :

– Je devais obéir... Moi, je ne savais pas... Sir Peter m'avait demandé de me faire passer pour un médecin... Une blague ! Ce n'était qu'une blague !

– Mais, reprit sir Malcolm, lorsque vous avez dû téléphoner également à la femme de Rosten pour lui annoncer que son mari venait d'être admis à l'hôpital, là, à ce moment-là vous avez compris que ce n'était plus une plaisanterie !

– Oui, peut-être...

Il releva la tête :

– Mais je n'ai rien fait de mal ! J'ai seulement obéi, comprenez-vous ?

Serge Leblond prit la parole :

– Messieurs, pouvez-vous m'expliquer ce que tout cela signifie ?

– Plus tard, monsieur Leblond, fit sir Malcolm. Pour l'heure, gardez pour vous ce pénible épisode. Il vaut mieux que sir Peter n'en sache rien. N'est-ce pas, Chance ?

– Oh oui, monsieur ! Que personne n'en sache rien !

– Mais nous vous avons à l'œil ! jeta Forbes de sa grosse voix.

Ils quittèrent le cabinet de l'avocat international quelques instants plus tard, laissant un Leblond tout songeur.

Chapitre 20

*L*a chaleur était telle que le macadam du Strand commençait à fondre par endroits. Wen Chang s'était réfugié dans un petit pub où il avait bu un plein pot de thé froid. La Rolls-Royce les emmena vers une destination que sir Malcolm n'avait pas révélée au superintendant et dont il souhaitait lui faire la surprise.

– Mon cher Douglas, cette histoire d'enfant que le couple Tompson souhaitait avoir sans s'en donner les moyens me trouble profondément. Peut-être cela n'a-t-il rien à voir avec le meurtre de Jeremy, mais il semble que mes méninges frétillent à cette pensée.

– Où allons-nous donc ?

– Avant de retourner au Yard entendre Findley nous faire son rapport, nous allons remonter à la source des renseignements concernant cet enfant improbable.

– Quelle source ?

C'était chez les parents de la victime, Elizabeth et Archibald Tompson. Leur fastueuse demeure s'élevait au milieu d'un parc fort connu pour ses essences rares. Une volière aux oiseaux criards jouxtait la partie orientale du bâtiment. Lorsque les deux hommes entrèrent dans le hall, guidés par un domestique en livrée, ils furent stupéfaits par la richesse outrancière de l'ameublement. Cela faisait penser à une exposition d'antiquaire, les meubles de style s'entassant sans aucun goût les uns sur les autres.

Ils comprirent bientôt la raison de ce déploiement. Elizabeth Tompson leur apparut dans une robe noire à dentelles froufrouteuses, un immense chapeau à voilette sur la tête, des bagues à tous les doigts et une dizaine de bracelets en or à chaque bras. Or cette femme était semblable à une tour, grosse, immense et si volumineuse qu'elle devait s'appuyer sur une canne pour garder l'équilibre. Son visage adipeux et flasque était si peinturluré qu'on eût dit un masque. Ses yeux charbonneux et veinés de rouge s'extirpaient péniblement du plâtras blanchâtre dont les joues étaient couvertes. Les lèvres sanguinolentes laissèrent échapper une sorte de gloussement :

– Oh, oh, messieurs ! Ma domesticité me dit que vous êtes de Scotland Yard !

– En effet, madame.

– Notre cher, si cher Jeremy a rejoint nos ancêtres, c'est cela ? Archibald et moi-même venons de la maison des Greenaway, on y a ramené le corps... Pauvre chéri ! Heureusement, il n'était pas défiguré. Asseyez-vous, messieurs, dans ces fauteuils Louis XV, à moins que vous ne préfériez ceux-ci... Ils sont anglais. Nous collectionnons les meubles, voyez-vous. Une petite folie ! Mais quand on peut se le permettre... Et donc vous êtes des policiers. C'est très important, la police ! Surtout à notre époque. Allez : ne soyez pas timide. Parlez ; je vous écoute.

Sir Malcolm étudiait la physionomie de cette idole barbare avec attention. Était-ce cette femme qui avait élevé Jeremy ? Quant à Forbes, il était partagé entre l'ahurissement et le fou rire.

– Madame, commença l'aristocrate, nous vous présentons nos respects et nos condoléances...

Elle l'interrompit :

– Vous pouvez, vous pouvez...

Et elle se saisit d'un éventail qu'elle commença à agiter de façon frénétique devant son visage.

– Voyez-vous, madame, nous aimerions mieux comprendre qui était votre fils...

À peine sir Malcolm avait-il achevé sa phrase qu'Elizabeth Tompson se mettait à parler :

– Ah, un enfant admirable ! Et je l'ai aimé ! Je l'ai couvé ! Je peux me vanter de l'avoir fait ! D'ailleurs, si vous voulez, je vous ferai voir sa chambre d'enfant. Oui, c'était un amour. Mais, dites-moi, qui a osé l'assassiner ?

– Nous l'ignorons encore, dit Forbes qui ne savait quelle contenance adopter.

Sir Malcolm reprit :

– Son mariage avec lady Jane Greenaway a été fort heureux...

Elle l'interrompit encore :

– Heureux ? Sublime, vous voulez dire ! Oui, c'est le mot. Ces deux-là partageaient un amour sublime ! Vous savez, Jeremy était la crème des hommes, un véritable chevalier des temps jadis. Tout petit, il jouait déjà aux Croisades !

– Et comment se sont-ils rencontrés ?

– Un miracle ! Elle faisait un stage de droit dans les bureaux d'Archibald. Car vous savez certainement qu'Archibald est le plus important avocat d'affaires de la City ! Et donc cette petite a rencontré là mon Jeremy, et tout de suite ils se sont aimés. Or les Greenaway sont des gens valables, très valables même ! Sir Peter est un bonhomme infréquentable, mais quelle fortune ! Bref, nous avons donné notre accord, Archibald et moi. Pourtant, entendez bien ! Jeremy était notre fils unique ! On ne se sépare pas d'un fils unique comme ça, mais ils s'aimaient, que voulez-vous ? Et puis Archibald a dit : « L'affaire est bonne. »

– Revoyiez-vous souvent Jeremy ?

– Bien sûr ! Il adorait revenir à la maison ! Il adorait sa maman. Et c'est vrai que la plus charmante fille du monde ne peut remplacer une maman ! Jeremy répétait souvent que j'étais la seule à savoir lui préparer les crêpes à la française ! Vous savez, arrosées avec de l'alcool... Moi, j'y mets du kirsch. Un jour, alors qu'il n'avait pas cinq ans, et il était déjà d'une intelligence... Il savait lire et compter avant d'entrer à la petite école. Et donc...

Une voix puissante interrompit le flot de paroles qui sortait quasi mécaniquement de la bouche colorée :

– Elizabeth ! Vous voyez bien que vous ennuyez ces messieurs !

Archibald Tompson faisait son entrée. Sir Malcolm l'avait aperçu à l'occasion de diverses festivités, mais là, sur le pas de cette porte de salon, il donnait une impression grandiose. Sa chevelure léonine d'un rouge feu semblait un incendie au-dessus de son visage volontaire aux yeux d'un bleu d'acier. Seul un homme de cette formidable carrure avait pu s'appareiller avec une femme aussi extravagante que la sienne. Il avança d'un pas décidé vers sir Malcolm Ivory.

– Ah, je vous connais et je suis satisfait que ce soit vous qui preniez en main cette tragique affaire ! Et qui est ce monsieur ?

– Superintendant Douglas Forbes !

– Messieurs, vous avez en main la réputation de deux familles ! Je compte sur vous pour démêler cette histoire le plus rapidement possible. Avez-vous déjà des éléments ? Évidemment, c'est un peu tôt. Enfin, pardonnez-moi. Mes affaires m'appellent. Elizabeth, ne fatiguez pas trop ces messieurs...

– Un instant, le retint sir Malcolm. Où étiez-vous à l'heure où votre fils est décédé ?

Il considéra l'aristocrate comme s'il était un insecte :

– Question méprisable ! Mais j'y répondrai : nous étions, mon épouse et moi, reçus chez le Premier Ministre. Cela vous convient-il ?

Et du même pas précipité, il s'en alla.

– Ah, voyez quel homme il est ! s'extasia l'épouse. Mais asseyez-vous. J'ai encore tellement à vous raconter sur notre cher, si cher petit ! Il nous reste le souvenir, n'est-ce pas ? Et je continuerai à faire des crêpes, même s'il ne vient plus.

Ce souvenir lui arracha quelques larmes qui en coulant dessinèrent une longue traînée de rimmel sur chacune de ses joues. Sir Malcolm profita de ce moment d'émotion pour demander :

– Madame, comment se fait-il que ce couple si amoureux n'ait pas eu d'enfants ?

L'éventail arrêta de s'agiter.

– Pas d'enfants... En effet, nos deux tourtereaux n'ont pas eu d'enfants. Hum ! Peut-on parler de ces choses-là. C'est très intime...

– Scotland Yard doit tout savoir ! fit Douglas Forbes.

– Oui, évidemment. Mais en quoi cela peut-il vous intéresser ?

– Nous savons que lady Jane et votre fils faisaient chambre à part. Même la nuit de leurs noces !

L'éventail reprit son mouvement énergique :

– Il faut comprendre... Jeremy a été un garçon très bien élevé. Il était si policé... Tout petit, je l'habillais en fille et ça lui allait bien, vous ne pouvez pas savoir... Un amour !

– Pardonnez-moi, dit sir Malcolm, mais il me semble comprendre que si Jeremy s'est marié, ce n'était peut-être pas sa véritable vocation...

– Voilà, en quelque sorte ! Entre la petite Greenaway et mon Jeremy il y avait, certes, de l'amour, mais le vrai, le grand amour ne doit pas être physique ! Il faut laisser ces horreurs aux gens du peuple !

Les deux hommes étaient éberlués. Sir Malcolm fut le premier à se ressaisir :

– Autrement dit, madame, et pour parler franc, Jeremy était homosexuel !

L'éventail fut immédiatement replié.

– Pourquoi employer des mots pareils ? Ils se sont mariés et ils étaient très heureux comme ça. Que demander de plus ?

– Lady Jane savait-elle que votre fils ne s'intéressait pas aux femmes ?

– S'intéresser ! La présence féminine lui plaisait. La preuve : il m'adorait, et je suis une femme, non ? En fait, c'était le sexe, toutes ces choses sales, qu'il méprisait. Je crois même que ça l'écœurait vraiment. D'ailleurs, il n'aurait sûrement pas non plus couché avec un homme ! Vous imaginez...

– Je répète ma question, madame Tompson : lady Jane connaissait-elle cette particularité de votre fils avant le mariage ?

Elle s'écria :

– Mais évidemment ! Je l'ai prise à part, cette petite, et je lui ai expliqué. C'était avant les fiançailles. Il fallait que je la prévienne... Elle aurait pu heurter Jeremy, vous comprenez...

– Et comment a-t-elle réagi ?

– Très bien, et je dirai même que ça l'a soulagée, cette enfant ! Elle a d'ailleurs eu cette phrase délicieuse : « Si votre fils avait eu des pensées différentes, sachez que je ne me serais jamais intéressée à lui. »

Chapitre 21

En roulant vers New Scotland Yard, Forbes laissa libre cours à son étonnement, mêlé de colère :

– Cette femme ! Une folle ! L'éducation qu'elle a donnée à son fils ne pouvait que le rendre anormal ! Je veux bien qu'aujourd'hui la moitié de l'Angleterre soit homosexuelle et que tout le monde trouve ça très bien, mais, sir Malcolm, dites-moi pourquoi une fille comme lady Jane a-t-elle accepté de se lier avec un homme comme celui-là ?

– Sans doute parce que, elle aussi, n'était pas très normale... N'oubliez pas que non seulement elle a souhaité ce mariage en pleine connaissance de cause, mais qu'elle a semblé ravie qu'il en soit ainsi.

– Mais pourquoi ? Sapristi, je n'ai jamais vu un imbroglio pareil !

– N'oubliez pas que lady Jane se fait soigner par un psychiatre. Sa logique n'est pas la nôtre. Toutefois rappelons-nous que si, à l'époque de son mariage, elle acceptait volontiers de ne pas avoir d'enfants en se mariant avec un homosexuel ou, plus vraisemblablement, avec un impuissant, tout a changé. À présent elle voulait un enfant. Et elle le voulait vraiment. Mais comment faire puisque, de toute façon, elle se dit incapable d'en avoir ?

Au Yard, ils retrouvèrent le lieutenant Findley. Ses hommes avaient vérifié l'alibi de Nini. Elle avait dit vrai. Tous les commerçants l'avaient vue ce jour-là entre 15 et 17 heures. Le bottier avait même été pris d'une véritable crise de rage contre sir Peter qui l'avait obligé à ressemeler des bottes qu'il aurait mieux valu jeter au feu !

Les empreintes digitales relevées dans le bureau étaient celles de Jeremy et celles de Nini, ce qui était normal puisque c'était elle qui faisait le ménage dans le pavillon. L'assassin avait donc porté des gants et, en l'absence de la bouteille, du verre ayant contenu le poison, et du poignard, on ne pouvait, de toute façon, rien conclure. La police avait pourtant cherché à travers tout Bedlam's Manor, au grand dam de ses occupants. Le parc lui-même avait été fouillé. Les indices matériels fondamentaux avaient disparu.

Restaient le passeport, le carnet journalier, le papier contenant le rendez-vous pour le 18 août au cabinet médical Colson and Strewdell. Findley expliqua :

– Suite aux indications du carnet, nous avons vérifié que Jeremy Tompson s'était rendu à Paris entre le 8 et le 11 juillet. L'hôtel Ritz a confirmé qu'il y était bien descendu à ces dates. Il était seul. Nous avons demandé à la police parisienne d'enquêter là-dessus pour tenter de savoir ce qu'il a fait durant ces quatre jours. Lady Jane, interrogée à ce sujet, nous a dit qu'il était allé là-bas pour affaires, mais elle n'a pas su préciser lesquelles. Aucun des papiers découverts dans son bureau n'a de rapport avec ce déplacement. Pas de client français, en tout cas !

– Et le rendez-vous au cabinet médical ?

– Là, dit Findley en grimaçant, nous nous sommes heurtés à un mur. Secret professionnel !

– Quelle est la spécialité de ce laboratoire ?

– Analyses en tous genres... La seule certitude que nous avons pu déduire de l'attitude de ces gens-là est que Tompson était effectivement leur client.

– Parfait, conclut sir Malcolm. Eh bien, s'il en est ainsi, cher Douglas, vous me permettrez de me retirer. Dans des affaires aussi curieuses, il importe de prendre du large et de réfléchir. C'est ce que je vais faire. Si vous avez besoin de moi, vous me trouverez à mon appartement de Soho. Findley, veuillez faire vérifier qu'Elizabeth et Archibald Tompson étaient bien reçus par le Premier Ministre à l'heure du crime... Ah, Douglas, regardez aussi si Harry Chance, l'homme à tout faire de Greenaway, a un alibi indiscutable, bien qu'à mon avis le manipulateur y aura également songé !

Le superintendant aurait bien voulu retenir son grand ami, mais il savait que c'eût été peine perdue. Si sir Malcolm ne souhaitait même pas partager ses réflexions avec lui, c'est qu'il ne savait pas trop par quel bout prendre le problème pour le résoudre.

La Rolls-Royce quitta Scotland Yard vers 16 heures. Une heure plus tard, l'aristocrate avait pris une douche, chaussé des pantoufles, endossé une légère robe de chambre et s'était confortablement installé dans son rocking-chair préféré à côté d'un ventilateur. Wen Chang lui apporta la marque de whisky qu'il avait demandée : un Glenkinchie de vingt ans d'âge qui appartenait à sa collection. C'était, en effet, une rareté hors de prix, et il la dégusta lentement en pensant à ce « pauvre Jeremy » qui avait eu le malheur de naître d'une femme pareille !

Évidemment, il n'y avait pas à revenir là-dessus : sir Peter avait organisé tous les alibis avec un soin qui dénotait non seulement un esprit d'organisation minutieux, mais surtout un cerveau retors prêt aux manigances les plus labyrinthiques. Logiquement, aucun des protagonistes n'avait pu assassiner le fils Tompson. Dans son pari, sir Peter avait bien précisé qu'il s'agirait d'un crime parfait. En tout cas, les alibis avaient été préparés de la façon la plus rigoureuse afin que personne ne puisse être accusé.

La tentation était de penser que sir Peter avait utilisé un homme de main : ce Chance, par exemple, qui lui était dévoué corps et âme... Mais la strychnine se trouvant déjà dans la bouteille de whisky avant le lunch d'anniversaire, alors à quoi bon envoyer quelqu'un pour achever le mourant ? Pour être certain que Jeremy avait bien bu du Glenkichie ? Ou pour arracher les feuilles du carnet et de l'agenda ? Mais que pouvait-il bien y avoir d'écrit de si compromettant que l'on ait voulu le faire disparaître ?

La victime avait rendez-vous avec le laboratoire Colson and Strewdell. Ce pouvait être pour n'importe quelle raison, mais ne pouvait-on échafauder une hypothèse à partir de cette histoire d'enfant ? Jeremy, poussé par lady Jane, n'avait-il pas voulu se faire soigner pour devenir un homme normal, ce qui expliquerait aussi son séjour à Paris ? Mais à quoi cela aurait-il servi si la jeune femme était incapable de tomber enceinte ? Pourtant il y avait ces deux vers du poème naïf trouvé dans la poche du défunt, écrits quelques instants avant le drame : « Comblez mon vœu si cher/ d'avoir de vous un enfant. »

À cet instant de sa réflexion, et grâce peut-être à l'action bienfaisante du Glenkichie sur ses méninges, sir Malcolm eut une idée soudaine. Était-ce possible ? Il lui fallait appeler immédiatement le Dr Murdoch, le premier psychiatre qui avait soigné lady Jane. Peut-être accepterait-il de briser le secret professionnel pour lui avouer quelle était l'origine des problèmes psychologiques de sa cliente.

Lorsque, après une conversation délicate et serrée, sir Malcolm reposa le combiné du téléphone, il lui sembla avoir compris une donnée essentielle de cette étrange affaire, et bien qu'il restât encore quelques zones d'ombre à explorer, il revint très satisfait s'asseoir dans le rocking-chair, se fit servir un deuxième verre de whisky et, s'emparant d'un roman posé sur la tablette à portée de sa main, il commença à se plonger avec délices dans les aventures du juge Ti, le fameux policier chinois.

Chapitre 22

Sir Malcolm Ivory avait passé une nuit sereine et une matinée entièrement consacrée au farniente. La température avait baissé. On respirait mieux et il semblait que les pensées se mettaient en place plus aisément dans la tête. Rendez-vous avait été pris avec l'ensemble des protagonistes de cette singulière affaire. Sur une convocation express de Scotland Yard, ils devaient tous se retrouver dans le pavillon de chasse de Bedlam's Manor à 3 heures de l'après-midi.

Sir Malcolm était arrivé sur place vers 13 h 30, surprenant ainsi la famille Greenaway au grand complet en train d'achever le lunch. Il avait demandé à lady Jane de le recevoir en particulier, ce qu'elle avait accepté de bonne grâce, bien que sir Peter ait tenté de s'y opposer. Puis, vers 14 h 30, la police avait commencé de s'implanter à l'entour de la demeure ainsi que dans le parc. Chacun sentait qu'un événement important devait avoir lieu, et peut-être même le dénouement de l'enquête.

Elizabeth et Archibald Tompson arrivèrent dans une Cadillac rose bonbon conduite par un chauffeur à casquette galonnée. Ils étaient peu satisfaits d'être dérangés, mais profitèrent de leur déplacement pour aller se recueillir une nouvelle fois sur le corps de leur Jeremy qui, dans son cercueil, reposait dans le grand salon parmi les bouquets de fleurs et les couronnes. Les obsèques ne devaient avoir lieu que le lendemain.

Le lieutenant Findley accompagnait Harry Chance qui avait montré quelques réticences à répondre à la convocation. Pourtant il avait un alibi, lui aussi, pour le jour et l'heure du crime. Il se trouvait dans les locaux de l'avocat international, sur le Strand, en train de faire le ménage dans le bureau de sir Peter et dans celui de Leblond. Différents employés pouvaient attester de sa présence.

La pièce où Jeremy Tompson avait été assassiné avait été aménagée rapidement afin que chacun puisse s'asseoir. Lady Hillary fut la première à le faire. Le Français s'installa à côté d'elle, suivie par lady Jane. Les deux parents Tompson firent quelque embarras avant de prendre place au premier rang. Jenny Ascot, la surnommée Nini, resta debout au fond de la pièce, tandis que Findley fit asseoir Chance sur une chaise à côté d'elle. Enfin, à 15 heures précises, sir Peter fit son entrée et, après avoir considéré tout ce monde d'un œil mauvais, demanda qu'on lui apportât une chaise dans un coin du bureau où il n'y avait personne. Nini lui obéit et revint à l'endroit où elle se tenait précédemment, près de la fenêtre. Le canapé où Jeremy avait trouvé la mort était demeuré vide.

Sir Malcolm et le superintendant suivirent de peu sir Peter. Forbes s'assit à côté de Findley tandis que l'aristocrate demeurait debout et, à son tour, examinait l'assistance.

– Tiens, fit-il, Thomas Souther n'est pas là. Lieutenant Findley, veuillez bien aller le chercher, je vous prie.

Sir Peter Greenaway explosa :

– Écoutez, sir Malcolm, à quoi rime cette réunion ? Et pourquoi faire venir ici mon majordome ? Tout cela est absurde et d'une incorrection rare !

– En effet, ajouta Archibald Tompson en se levant si brutalement que sa chaise bascula. Nous sommes des hommes d'affaires et avons autre chose à faire qu'à perdre notre temps en des assemblées de ce genre !

Sir Malcolm demanda :

– Ne voulez-vous pas connaître le nom de l'assassin de votre fils, monsieur Tompson ?

– Comme si vous pouviez le connaître vous-même ! fit sir Peter d'un ton méprisant.

– En tout cas, mesdames et messieurs, si je vous ai réuni cet après-midi, c'est pour que nous tentions de comprendre ensemble comment le crime de Jeremy Tompson a pu être perpétré et pour quelle raison. Voyez-vous, nous nous trouvons ici devant un problème d'un genre nouveau. Tous ceux, sans exception, qui auraient pu commettre ce meurtre avaient un alibi, mais pas un alibi ordinaire ! Un alibi préparé ! Un alibi construit par une intelligence remarquable que je me plais d'ailleurs à saluer.

Sir Peter resta imperturbable.

– Ainsi, poursuivit sir Malcolm, à l'heure du décès de Jeremy, notre hôte prononçait une conférence à laquelle j'assistais, lady Hillary écoutait un concert à côté de son vieil ami Barton, lady Jane était chez son nouveau psychiatre, Serge Leblond se trouvait chez un syndic retardé par une odieuse blague concernant son épouse, madame et monsieur Tompson étaient retenus chez le Premier Ministre comme nos services l'ont vérifié. Quant à mademoiselle Nini, elle faisait des commissions d'une longueur volontairement calculée pour la retenir loin d'ici. Aurions-nous suspecté l'homme de confiance de sir Peter, monsieur Chance, que nous aurions appris qu'à cette heure-là, il se trouvait en réalité dans les locaux du cabinet Greenaway sur le Strand. Donc, tout aurait pu nous inciter à disculper les éventuels suspects. Pourtant, le crime a bien eu lieu. À l'heure où vous étiez tous ailleurs, quelqu'un est venu frapper la victime d'un coup de poignard effilé, peut-être un coupe-papier.

L'orateur sortit son inhalateur du gousset de son gilet et en aspira une profonde bouffée, puis il reprit :

– Sans doute aurait-on pu émettre l'hypothèse d'un rôdeur. Mais d'une part rien n'a été volé et d'autre part un rôdeur ne tue pas en empoisonnant sa victime. Or il est clair que c'est bien la strychnine qui a tué, et non pas le poignard. Lorsque celui qui le tenait a frappé, Jeremy Tompson était déjà mort. Le tout est de savoir depuis combien de temps il l'était. Cinq minutes ? Un quart d'heure ? Une demi-heure ? Une heure ? Le médecin légiste n'a pu être précis à cet égard.

À ce moment, le lieutenant Findley revint en compagnie de Thomas qui, discrètement, alla se placer debout à côté de Nini. Le chien Nelson, qui était entré en même temps, alla se coucher sur le ventre derrière la chaise de lady Jane et posa sa tête sur ses pattes de devant. Son œil valide considérait l'orateur avec un visible intérêt.

– Vous comprendrez, mesdames et messieurs, que ce laps de temps entre l'absorption du poison et le coup de poignard est d'une réelle importance. Imaginons la scène telle qu'elle a dû se passer. Jeremy se retrouve seul dans son bureau. Il apporte avec lui la bouteille de whisky de vingt ans d'âge qu'on vient de lui offrir pour son anniversaire. Il voit le paquet-cadeau que l'on a déposé sur son bureau. On a pu le faire aisément car, les deux heures précédant le lunch, il se trouvait dans la bibliothèque à la recherche d'articles de loi introuvables. Curieux, il ouvre ce paquet et s'aperçoit qu'il s'agit d'un luxueux ensemble pour jeu de cricket. Il est admiratif. C'est sa passion. Il se demande qui a pu lui offrir une telle merveille. Il pense que c'est son épouse. Aussitôt, il s'assied à son bureau et rédige un petit poème afin de la remercier. Il pense le lui donner à son retour de chez le psychiatre. Il le place dans la poche de son veston qu'il a rangé sur le dossier d'une chaise car, ne l'oublions pas, il fait très chaud. Il débouche alors la bouteille qu'on lui a offerte, se sert dans un des verres du bar, et tranquillement, va s'asseoir sur le canapé que voici.

Il y eut comme un frémissement dans la salle. Chacun visualisait mentalement la scène que décrivait sir Malcolm.

– Jeremy a étalé les pièces du jeu de cricket devant lui et, tout en dégustant cet extraordinaire Glenkinchie de vingt ans d'âge, il se promet de passer un agréable moment à les contempler. Quelle heure est-il quand il boit sa première gorgée ? Sans doute pas plus tard que trois heures et demie. Il lui a bien fallu une bonne demi-heure pour déballer le colis, écrire son poème, déboucher la bouteille, se servir et s'asseoir. Et donc vers trois heures et demie, il boit et la mort est instantanée. Le verre qui contient encore du liquide lui échappe et tombe sur son pantalon que nous avons retrouvé taché par le liquide. À l'analyse il s'y trouvait effectivement un concentré de strychnine important. À noter que l'amertume du poison a dû échapper au buveur, car le goût du Glenkinchie de vingt ans d'âge est très différent de celui d'un whisky ordinaire de la même marque.

– Mais, demanda Archibald Tompson, comment a-t-on pu introduire le poison dans la bouteille ?

– Très simplement. Il suffit d'une seringue pour traverser le bouchon. Et donc, à trois heures et demie, le malheureux est décédé. C'est ce que j'appelle la fin du premier acte.

Lady Jane éclata en sanglots.

– Évidemment, l'assassin aurait pu en rester là. À ses yeux, le résultat était acquis, mais il lui fallait peaufiner son travail. En effet, sur le carnet et sur l'agenda du bureau de Jeremy se trouvaient des indications qu'il devait faire disparaître. Quelles indications ? Étaient-elles de nature à le faire suspecter ? Peut-être pas, car il apparaît à l'évidence qu'il se moquait comme d'une guigne d'être compromis. Non, la nature de ces notes était tout autre, et il nous appartiendra de revenir là-dessus, mais, surtout, ce que voulait l'assassin, c'est que le coup de poignard puisse être situé précisément à la même heure que l'empoisonnement. Il savait que l'enquête déterminerait facilement cette heure-là puisque c'était l'heure de la mort. Ainsi les alibis de tout le monde seraient parfaitement fiables ; le mystère s'épaissirait en conséquence sur l'identité de l'assassin puisqu'il était censé n'être pas là !

– C'est, en effet, très curieux, fit Archibald Tompson qui semblait seulement réaliser la complexité de l'affaire.

– Et donc, reprit sir Malcolm, comme je ne crois pas au don d'ubiquité ni aux fantômes, il fallait forcément que l'une des personnes ici présentes, malgré leur alibi, ait pu de fait se rendre dans ce bureau et frapper le défunt avec le poignard. Or, comme je vais vous le démontrer, une seule personne a pu agir de la sorte. Lady Hillary, avant de partir pour le concert, vous souhaitiez prendre votre Rover pour vous rendre à Londres, n'est-ce pas ?

Les regards de l'assistance se braquèrent sur l'épouse de sir Peter.

Chapitre 23

Lady Hillary se trouva gênée par tous ces yeux qui la regardaient.

– Oui, en effet, balbutia-t-elle, mais je ne vois pas... Où est le problème ?

– My lady, pour quelle raison avez-vous finalement pris un taxi ?

– Parce qu'un pneu de ma voiture était crevé. J'étais d'ailleurs assez furieuse, et puis après j'ai pensé que c'était aussi bien ainsi. Il est difficile de se garer dans le quartier du Clarence.

– Parfait. Et donc vous avez vu ce pneu crevé...

– Non. En fait, on m'a dit qu'il était crevé. C'était juste au moment de partir.

– Et vous ne vouliez pas être en retard.

– Naturellement.

– Qui a appelé le taxi ?

– Je ne sais plus.

Serge Leblond se leva :

– C'est moi. Ensuite je suis parti dans la même voiture que sir Peter. Nous n'allions pas du tout vers le Clarence. Autrement nous aurions pu emmener avec nous lady Hillary.

– Et qui vous a dit que le pneu de votre Rover était crevé, my lady ? demanda sir Malcolm.

– Eh bien, Thomas. C'est lui qui s'occupe du garage. Il a l'habitude de sortir ma Rover et de me l'avancer jusque devant l'entrée.

– Et donc, monsieur Souther, c'est en voulant sortir l'automobile que vous vous êtes aperçu que le pneu était crevé ?

– C'est exact, répondit Thomas. Depuis, je l'ai réparé.

Sir Peter se dressa comme un diable :

– Écoutez, sir Malcolm, cela suffit ! Vous nous agacez avec ces détails insignifiants ! Que peut bien avoir affaire avec la mort de mon gendre ce pneu crevé dont vous nous rebattez les oreilles ?

– Soyez patient, sir... Tous les éclaircissements viendront en leur temps. Permettez donc que je reprenne ma démonstration. Nous en sommes à présent au deuxième acte. Lequel d'entre vous pouvait fausser compagnie aux témoins de son alibi ? Sir Peter ? Impossible. Nous ne l'avons pas quitté de vue pendant toute sa conférence et le cocktail qui suivit. Lady Hillary ? Son ami Jack Burton était à côté d'elle tout le concert durant. Il n'y a pas eu d'entracte. Elle ne s'est levée de son fauteuil à aucun instant. Serge Leblond ? Il est resté chez le syndic tout l'après-midi, d'abord en attendant le malheureux qu'un mauvais génie avait envoyé à l'autre bout de Londres pour faire durer la réunion, et ensuite lors de la discussion sur une histoire d'inondation dans les étages. Lady Jane ? Son nouveau psychiatre, le Dr Trueman a témoigné qu'elle était demeurée dans son cabinet le temps de l'analyse qui s'est terminée seulement à cinq heures. Quant à Jenny Ascot, on a chronométré avec précision le temps qu'elle a dû mettre pour effectuer ses commissions interminables. Nos services ont été jusqu'à vérifier les achats qu'elle avait faits. Non, elle n'a pas pu revenir ici pour frapper le corps. Alors, qui ?

Sir Malcolm fit une légère pause avant de poursuivre :

– Ici, mesdames et messieurs, je voudrais attirer votre attention, sur la minutie de celui qui a préparé toute l'affaire. Comme l'a très justement remarqué lady Hillary il y a un instant, il est difficile de garer une voiture dans certains quartiers de Londres. Or, il existe un endroit où les clients peuvent se garer aisément, bien que ce soit à Piccadilly Avenue et en face de Green Park. C'est le parking réservé aux voitures des personnes qui ont rendez-vous chez le psychiatre. N'est-ce pas, lady Jane ?

– Oui, c'est exact. Mais, pardonnez-moi, je ne comprends pas.

– Lorsque vous êtes allée chez le Dr Trueman cet après-midi-là, vous étiez accompagnée par Thomas dans la Rolls-Royce familiale...

– En effet. Et alors ?

– Thomas est venu vous accompagner jusqu'au cabinet du médecin, puis il est redescendu et il est remonté dans la voiture pour vous y attendre. Est-ce exact, Thomas ?

– Parfaitement. Je suis resté là à lire le journal en attendant la fin du rendez-vous. Ensuite, nous sommes allés à une pharmacie...

– Tss-tss, Thomas ! N'allez pas si vite, je vous prie ! La secrétaire du psychiatre vous a effectivement vu remonter dans la Rolls qui se trouvait juste au-dessous de la fenêtre où se tient son bureau. Elle admirait cette superbe voiture. Mais si elle vous y a vu entrer, elle serait bien incapable de jurer que vous êtes resté à l'intérieur durant les deux heures ! De là où elle se trouvait, elle ne pouvait voir que le dessus de la voiture et pas du tout l'intérieur !

– Je suis resté dans la Rolls tout le temps, affirma le majordome.

– Et moi, je vous dis que non ! tonna sir Malcolm. La preuve que vous mentez, c'est que lorsque vous prétendiez que la voiture de lady Hillary avait un pneu crevé, en vérité la Rover n'était pas dans le garage. Elle se trouvait déjà dans les alentours de Green Park où vous l'aviez amenée le matin !

– C'est faux ! hurla Thomas comme pris au piège.

– Et voilà comment les événements se sont déroulés : vous sortez de la Rolls. Vous allez prendre la Rover. Vous revenez à Bedlam's Manor. Vous mettez les gants blancs qu'en tant que majordome vous portez pour recevoir les invités. Vous vous rendez au pavillon de chasse. Vous prenez le coupe-papier qui est sur le bureau et vous frappez le corps à hauteur du cœur. Vous ne craignez rien. Monsieur Tompson est mort depuis un moment. Vous prenez la bouteille contenant le poison, ainsi que le verre qui a échappé des mains de Jeremy. Sans doute les avez-vous jetés plus tard dans une poubelle de Londres. Puis vous arrachez les pages du carnet et de l'agenda à la date du 16 août. Une fois votre mission effectuée, vous reprenez la Rover et la ramenez à son point de départ, près de Green Park. Et comme il vous fallait être certain de trouver une place pour cette voiture, vous l'avez mise dans le parking souterrain tout proche. Ensuite vous êtes revenu à la Rolls et avez attendu l'heure de la fin du rendez-vous.

– Mais c'est infâme ! se défendit Thomas. Ce n'est là qu'un tissu de mensonges ! Pourquoi voulez-vous que j'aie agi de façon aussi absurde ? Pour quelle raison aurais-je été frapper un mort avec un coupe-papier et arracher ces pages de carnets ? Tout cela n'a aucun sens !

– Pour vous, non, en effet. Vous avez seulement obéi à quelqu'un qui vous avait ordonné d'agir de la sorte ! Vous étiez la main servile d'un cerveau maléfique !

– Vous ne pouvez rien prouver ! s'écria Thomas.

– Oh, pardon ! Figurez-vous que les parkings publics ont des caméras enregistreuses. Nos services ont vérifié. Vous avez déposé la Rover de lady Hillary dans le parking de Green Park à cinq heures moins vingt très précises ! On vous voit sortir de la voiture. Vous êtes très reconnaissable.

– C'est faux, cria-t-il encore. Ce n'est pas là que j'ai déposé la Rover ! C'était dans le parking de Wellington Arch !

Et aussitôt, s'apercevant qu'il venait de se trahir, il se mit à trembler des pieds à la tête, le visage soudain rouge de confusion.

– Merci, fit sir Malcolm. Voilà la preuve et même l'aveu qui nous manquaient !

Chapitre 24

*D*ouglas Forbes était ébahi devant la démonstration de sir Malcolm Ivory. Le superintendant n'avait guère été brillant lors de cette enquête. La chaleur l'avait accablé et il se demandait comment on pouvait vivre dans des pays aussi mal lotis que le Midi de la France, l'Italie du Sud ou l'Afrique ! Quand il pensait que des Anglais allaient dépenser leur argent en vacances dans des enfers pareils !

– Or, reprit sir Malcolm, si nous avons compris le mécanisme de cet assassinat singulier, nous ignorons toujours pour quelle raison il a été commis, et surtout de façon si extravagante. J'avoue que c'est le point qui m'a donné le plus de fil à retordre. En effet, depuis le début de l'enquête, et même avant que le crime ait été commis, j'en connaissais l'instigateur. Mais pourquoi agissait-il ainsi ? Et là, mesdames et messieurs, il nous faut remonter à l'enfance de Jeremy Tompson et à la jeunesse de lady Jane Greenaway.

– Pourquoi pas au temps de la reine Victoria ? lança sir Peter avec son agressivité habituelle.

Sir Malcolm poursuivit sans prêter attention à cette invective.

– Jeremy, aux dires mêmes de sa mère, était un enfant délicieux, un adolescent adorable. Il avait été paré de toutes les vertus et, surtout, il avait vécu dans un univers de rêve : celui des chevaliers purs et sans tache. Ainsi arriva-t-il à l'âge adulte sans avoir une conscience très claire des responsabilités réelles de l'existence.

– On peut dire ça comme ça ! fit Archibald Tompson.

– Rassurez-vous, madame et monsieur, je n'irai pas plus loin. Et donc, Jeremy tombe amoureux de lady Jane. C'est la première fille qu'il aime, et il l'aime d'une façon toute adolescente, toute platonique. Est-ce vrai, lady Jane ?

– Oui, fit-elle d'une petite voix, c'est ainsi que nous nous aimions. Le pur amour des troubadours... C'est si rare à notre époque, n'est-ce pas ? Les gens sont si laids, si attachés à la matière... Nous, nous voulions demeurer purs et clairs devant le Seigneur !

– En effet, my lady – et je ne trahirai aucun secret, ayez confiance en moi ! –, vous étiez vous-même disposée à cette relation merveilleuse toute faite d'esprit et de lumière. Votre union fut celle de deux amis, ou, si vous préférez, celle de deux cœurs partageant le même goût pour la beauté intérieure, celle qui confère la paix aux âmes. Cette paix dont vous, my lady, aviez si terriblement besoin !

– Oui, c'est bien cela ! fit lady Jane. Nous étions comme frère et sœur nous tenant par la main.

L'auditoire écoutait cette conversation comme dans un rêve.

– Mais le temps passa, reprit sir Malcolm. Vous viviez tellement dans l'enfance que vous vouliez avoir vous-même un enfant.

Elle baissa la tête :

– Et c'était impossible... Je ne pouvais pas en avoir

– Non, my lady, quelque chose en vous se refusait d'en avoir...

Elle se dressa :

– Vous m'aviez promis !

Il dit d'un ton étrangement calme :

– Ce que vos psychiatres n'ont jamais su, moi, je le sais. Et vous savez que je le sais, puisque je vous l'ai dit en aparté tout à l'heure. Naturellement, ici, sur la place publique, je n'en dirai rien. Cela fait partie de notre secret, n'est-ce pas ? Mais ce que je peux révéler ici, c'est que si Jeremy, pour d'autres raisons, ne pouvait pas avoir d'enfants, il chercha jusqu'à son dernier jour le moyen de sortir du cercle terrible dans lequel vous étiez tous les deux enfermés.

– Et comment ? demanda lady Jane avec une sorte de ferveur.

– Son voyage à Paris du mois de juillet n'était pas motivé par des affaires, mais par un rendez-vous médical. De même, il allait recevoir les résultats concluants du laboratoire Colson and Strewdell. Je vous en parlerai mieux lorsque nous serons seuls et vous pourrez ainsi juger du profond amour que vous portait votre cher mari. Mais, pour en revenir à notre enquête, le grand manipulateur qui voulait la mort de Jeremy ignorait toutes les démarches de Jeremy pour avoir un enfant. Il croyait...

À cet instant, sir Peter Greenaway se leva. Son visage était blême. Il s'adressa à sir Malcolm d'une voix blanche :

– Sir, veuillez ne pas aller plus avant ! Je sais à présent que vous avez tout découvert, mais, par pitié, suivez-moi. Allons dans mon bureau. Je vous dirai alors la vérité.

– Comme il vous plaira, répondit sir Malcolm en s'inclinant.

Tous ceux qui étaient présents se mirent à parler en même temps. On entendait : « Serait-ce sir Peter ? Est-ce possible ? » Lady Hillary avait attiré sa fille contre elle et la serrait tendrement.

– Sir Malcolm, fit Greenaway, de quoi parliez-vous à mots couverts avec Jane ?

– Je ne vous le dirai pas, et ce sera l'une de vos punitions. Vous avez empoisonné le jeune Tompson parce que, selon vous, il ne pouvait pas faire d'enfants à votre fille et qu'ainsi votre descendance n'était pas assurée.

– C'était un pédéraste ! Je m'en suis aperçu trop tard, après le mariage. Il ne couchait même pas avec ma fille ! Et elle, cette sotte, elle avait je ne sais quoi en tête qui l'empêchait de divorcer comme je lui ordonnais de le faire ! Elle aimait cette moitié d'homme, et, j'ai fini par le comprendre, c'était justement parce qu'il ne la touchait pas qu'elle l'aimait ! Une histoire de fous ! C'est pourquoi je l'ai mise entre les mains des psychiatres. Mais ces crétins n'arrivaient à rien ! Tous pareils : une bande de dégénérés !

– Calmez-vous, sir, et demandez-vous plutôt pourquoi une jeune femme peut nourrir un tel rejet du sexe, même auprès de celui qu'elle aime...

Sir Peter s'agita derrière son bureau.

– Tout ça, c'est de l'idiotie ! Mais qu'est-ce que vous racontiez au sujet de ce laboratoire ?

– Lorsqu'un homme impuissant veut guérir, il fait ce qu'il faut pour y réussir. Jeremy attendait, ce 16 août, la confirmation par courrier de ce qu'on lui avait annoncé au téléphone. Non seulement il était guéri, mais il avait reçu l'autorisation de faire congeler son sperme afin que sa femme soit fécondée par voie médicale.

Sir Peter haussa les épaules :

– Mais c'est impossible ! Que me racontez-vous là ?

– Si, pour des raisons que je n'ai pas à vous révéler, lady Jane ne peut admettre le contact physique d'un homme, serait-il celui qu'elle aime, elle peut fort bien être fécondée par les méthodes modernes. Cela se fait tous les jours !

– Et moi qui voulais ensuite la marier à Leblond ! C'est un vrai homme, celui-là !

– La véritable responsable du malheur de Jeremy n'est autre que sa mère. Croyant l'aimer, elle le tuait. Mais, dites-moi, sir, qu'y avait-il d'écrit sur l'agenda et le carnet de votre gendre à la date du 16 août ?

— Il était écrit : « Retenir restaurant pour ce soir avec Jane. » En faisant arracher ces pages par Thomas, je brouillais simplement les pistes.

– Thomas ira en prison pour complicité de meurtre. Avec un bon avocat, il s'en tirera. On ne tue pas un mort !

Sir Peter considéra sir Malcolm avec admiration. Son agressivité était tombée. C'était un homme vieilli, usé qui, les yeux rougis, s'apercevait soudain de l'inanité de ses efforts.

– Je n'aurais jamais cru que vous auriez réussi à démêler un tel écheveau ! En fait, je ne l'avais préparé que pour préserver les miens au cas où vous les auriez accusés à tort. Il leur fallait des alibis parfaits. Car moi, vous l'avez compris, je n'ai rien à perdre en cette affaire. La maladie qui me ronge me tuera d'ici deux mois. Au moins j'aurai eu la satisfaction de tout mettre en œuvre pour que ma lignée se poursuive. Le nom des Greenaway, sir Malcolm ! Nous sommes pairs du Royaume depuis le XVe siècle ! Dur devoir, peut-être, mais c'était mon devoir !

Il s'arrêta de parler et son œil droit devint d'une fixité qui dénotait quelle démence l'habitait, tandis que la paupière gauche doucement se fermait. Puis il demanda avec une folle avidité :

– Mais, au moins, dans la cuve réfrigérée, le sperme de Jeremy est toujours conservé et pourra servir, n'est-ce pas ?

Si ce n'avait pas été tragique, sir Malcolm lui aurait volontiers éclaté de rire au nez. Mais le chien borgne, assis sur son derrière, regardait sir Peter en haletant, et lui semblait se moquer.

presque que pour préserver les miens au cas où tous les autres y passeraient à tort. Il fallait calmer les dis-[illegible] parlé. Car, tout vous l'avez compris, je n'ai rien à perdre en cette affaire. La maladie qui me ronge [illegible] d'ici deux mois. Au moins j'aurai eu la satisfaction d'avoir trouvé un coupable pour qui [illegible] de poursuivre. Le nom des Greenaway [illegible] ! Nous sommes partis du [illegible] dans le XVe siècle ! Dur de dire [illegible], mais c'est mon devoir !

— Mais, au moins, dans la [illegible], le spectre du [illegible] est toujours [illegible] servir à [illegible] pas ?

Chapitre 25

Comme d'ordinaire depuis que sir Malcolm Ivory travaillait pour Scotland Yard et qu'une enquête était achevée, le superintendant fut reçu à Falcon Manor pour un déjeuner. Le couvert avait été dressé dans la véranda d'où l'on voyait le parc ruisselant de pluie car un terrible orage s'était abattu sur la région, ce jour-là.

– On respire ! remarqua Forbes en ôtant son imperméable.

– Vous allez salir tous mes parquets ! s'indigna Dorothea Pickwick, la vieille majordome. Retirez, au moins, vos chaussures !

– Ma chère Dorothea, fit le superintendant, jamais un gradé de Scotland Yard ne se mettra en chaussettes en public, même pour les beaux yeux d'une femme telle que vous !

– Mes beaux yeux ! Mes beaux yeux !

Elle rit en se tenant les hanches, mais elle était

secrètement flattée, si bien qu'elle laissa Forbes pénétrer plus avant dans le couloir au bout duquel sir Malcolm l'accueillit :

– Entrez ! Entrez ! Un bon gin-fizz vous attend ! Comment va madame Forbes, votre épouse ?

– Couci-couça... La mort de Bella Sandrina l'a beaucoup affectée.

– Qui était cette personne ?

– Une vedette de cinéma dont elle suivait la carrière.

– Ah, vous me rassurez ! Tenez, asseyez-vous.

– Sir Malcolm, j'ai honte. Cette affaire Tompson... J'ai été en dessous de tout. La chaleur...

L'aristocrate le rassura :

– Cher ami, ce n'est pas à vous que le défi avait été lancé !

– C'est exact, mais tout de même... Savez-vous que je n'ai pas encore tout compris ?

– Dites-moi, que n'avez-vous pas compris ?

– Eh bien, cette Jane, de quel mal si étrange souffrait-elle pour ne même pas pouvoir faire l'amour avec l'homme qu'elle aimait ?

– C'est à la fois simple et terrible. Vous le garderez pour vous, n'est-ce pas ? Enfant, Jane avait été violée de manière sordide. Elle en avait gardé une blessure psychologique presque inguérissable. Ainsi s'était-elle créé un monde dans lequel le sexe était exclu. Aussi lorsqu'elle rencontra Jeremy qui, lui, avait été rendu impuissant par l'amour stupidement excessif de sa mère crut-elle trouver en lui le mari qui ne risquerait pas de raviver sa haine des étreintes physiques.

– Ah, je comprends mieux ! soupira Forbes. La pauvre petite...

– Ils étaient à plaindre tous les deux. En unissant leur existence, ils allaient ainsi clopin-clopant, se comprenant mutuellement comme personne d'autre au monde ne pouvait le faire. Et puis, l'âge venant, Jane eut envie d'un enfant. C'est naturel chez une femme, mais elle refoulait cette idée sous le prétexte fallacieux qu'elle était physiquement incapable de tomber enceinte.

– Ce qui n'était pas vrai...

– Eh oui ! Tenez, servez-vous ces petits gâteaux salés. Ils accompagnent à merveille le gin-fizz. Aussi, lorsque Jeremy comprit le besoin de maternité de sa compagne, il se demanda comment répondre à son entente sans la faire retomber dans son obsession. D'abord, il voulait guérir sa propre impuissance. On y parvint. Ensuite il apprit par les médecins qu'il était possible de féconder son épouse sans rapport physique, par des moyens strictement médicaux. Il fit le nécessaire et, le soir de son anniversaire, dans le restaurant qu'il avait choisi, il aurait sorti son poème et annoncé la bonne nouvelle. Rappelez-vous : Jane nous avait dit que son mari devait lui faire une grande surprise...

– Et tout a échoué par la faute de ce Greenaway qui n'avait rien compris ni à sa fille ni à son gendre !

– Ni à personne ! Il était tellement prisonnier de ses affaires, imbu de sa réussite ! En fait, la tumeur qui lui ronge le cerveau l'a déjà complètement dérangé. Son défi tenait de la folie. Son montage criminel était insensé !

– À l'heure qu'il est, il a été hospitalisé et n'a plus le moyen de s'exprimer... Mais, sapristi, vos gâteaux sont poivrés ! Qu'est-ce que c'est !

– Des gâteries turques...

Le superintendant ne se ferait décidément jamais aux mets exotiques. Comme Wen Chang apportait le premier plat, il s'écria :

– Sir Malcolm, vous voulez ma mort !

– Voyez, j'emploie des moyens moins compliqués que Greenaway ! Mais savez-vous ce qui m'a mis sur la voie de la solution ? C'est le nom de la propriété, Bedlam's Manor. En effet, Bedlam est la contraction de Bethléem, la ville où l'Enfant Jésus est né, la ville de l'enfance ! Les poupées de la chambre de lady Jane, la galerie d'ancêtres, tout cela se mélangea dans ma cervelle, et hop ! Le Glenkinchie fit le reste !

Et à ce moment, Dorothea Pickwick apporta une lettre sur un plateau.

– J'espère que ce n'est pas de Scotland Yard, fit-elle d'un ton bougon.

Sir Malcolm se saisit de l'enveloppe. Elle était assez pesante. En l'ouvrant, il découvrit une lettre et une seconde enveloppe, scellée à la cire. La missive venait de maître Benson, le notaire de Greenaway. Il lut :

– Monsieur, suite au pari que vous avez gagné contre mon client sir Peter Greenaway, je vous fais tenir ci-joint la lettre cachetée qu'il m'a enjoint de vous envoyer. Avec mes respectueuses salutations.

– Seigneur, s'exclama sir Malcolm. Je l'avais oubliée, cette fameuse page 32 !

– La page blanche dont vous recherchez le texte depuis toujours...

Sir Malcolm fit sauter la cire au moyen d'un couteau et, avec plus d'impatience qu'il ne l'aurait voulu, il ouvrit l'enveloppe aux armes de Bedlam's Manor. À l'intérieur se trouvait un papier plié en deux. Enfin le secret de la page manquante allait être dévoilé ! Il déplia doucement le papier et lut, écrite de la main de sir Peter, cette simple phrase : *Cher ami, vous ne pouvez gagner tout le temps !*

Et c'était signé : *Votre dévoué, sir Peter Greenaway.*

"Funeste anniversaire"

Un crime trop parfait

Mary London

Le soir de ses 35 ans, Brian Wallace, héritier d'une illustre lignée britannique, est assassiné dans son château de Children Ground. Lequel des six convives est l'auteur de ce meurtre sauvage ? Pourquoi l'arme du crime, est-elle une arbalète Ming ? Que sont les curieux objets trouvés sur le lit du mort ? Autant de questions auxquelles il va falloir répondre pour démasquer le coupable. Ne trouvant pas la clef de ce mystère, le superintendant Forbes fait appel à sir Malcolm Ivory, son ami détective amateur.

(Pocket n° 11337)

Il y a toujours un Pocket à découvrir

"Un tombeau pour l'égyptologue"

Le dernier crime d'Agatha Christie

Christopher Carter

Sir Percival Kilvanock est un distingué châtelain écossais, mais également un criminologue de renom. Aussi quand son ami Howard Langton, un brillant égyptologue, est retrouvé assassiné dans sa chambre de l'hôtel Old Cataract à Assouan, là où séjourna Agatha Christie, il décide de mener l'enquête. Assisté du fidèle Angus Dodson, superintendant de Scotland Yard, Sir Kilvanock va devoir affronter une galerie de suspects tous plus intrigants les uns que les autres. Les terres d'Akhénaton, le pharaon maudit, lui réserveront bien des surprises…

(Pocket n° 10938)

Il y a toujours un Pocket à découvrir

"Du sang et du pur-sang"

L e cheval du crime

Christopher Carter

En Angleterre, avant le prestigieux Derby d'Epsom, un pur-sang de toute beauté est retrouvé égorgé. Problème : c'était le cheval favori de Sa Majesté ! De plus, son propriétaire et le valet d'écurie ont été assassinés en même temps... Comment faire éclater la vérité dans le monde impitoyable des courses de chevaux, où le mensonge et le secret sont de rigueur, où des fortunes sont en jeu ? Élémentaire : appeler Lord Percival Kilvanock au service de Sa Majesté !

(Pocket n° 10939)

Il y a toujours un Pocket à découvrir

"Du sang" et du pur-sang

Le cheval du crime

Christopher Canon

En Angleterre, avant le prestigieux Derby d'Epsom, un pur-sang de toute beauté est retrouvé égorgé. Problème : c'est le cheval favori de Sa Majesté ! En plus, son propriétaire [illegible] ont été [illegible] en même temps... Comment faire régner le calme dans le monde [illegible] des courses de chevaux, où [illegible] et [illegible] sont de rigueur, où des fortunes sont en jeu ? L'intendant Lord Percival [illegible] au service de Sa Majesté ?

(Pocket n° [illegible])

Il y a toujours un Pocket à découvrir

Achevé d'imprimer sur les presses de

BUSSIÈRE

GROUPE CPI

à Saint-Amand-Montrond (Cher)
en juin 2002

POCKET - 12, avenue d'Italie - 75627 Paris Cedex 13
Tél. : 01-44-16-05-00

— N° d'imp. : 22995. —
Dépôt légal : juillet 2002.

Imprimé en France